Der Erste Weltkrieg hat für Ives alles verändert. Er kann die Greuel nicht vergessen, und das Vermögen seiner Familie ist dahin. Nur im Sommer kehrt er in das sonnendurchflutete Paradies seiner Kindheit zurück, ans Meer, wo reiche Pariser Müßiggänger so tun, als sei die Welt noch in Ordnung. Hier begegnet er der verwöhnten Denise, die sich in ihrer Ehe langweilt. Doch zurück im Pariser Alltag zerbricht ihre amour fou an den unversöhnlichen Welten, in denen sie beide gefangen sind.
Bereits in ihrem ersten Roman, den Irène Némirovsky als 21-jährige begann und der 1926 in einer Zeitschrift veröffentlicht wurde, war ihr großes Talent erkennbar. »Das Mißverständnis« war jahrzehntelang nicht in Druck. Erst 2010 wurde der Roman in Frankreich neu aufgelegt und liegt nun auch auf Deutsch vor.

Irène Némirovsky wurde 1903 als Tochter eines jüdischen Bankiers in Kiew geboren. Nach der Oktoberrevolution ging die Familie nach Paris; dort avancierte Irène Némirovsky zum Star der Literaturszene. Nach dem Einmarsch der Deutschen floh sie in den Süden, wurde verhaftet und starb in Auschwitz. Erst 60 Jahre später wurde ihr Werk wiederentdeckt und ihr Roman »Suite française« zum Weltbestseller.

Irène Némirovsky

Das Mißverständnis

Roman

Aus dem Französischen
von Susanne Röckl

btb

Die Originalausgabe erschien unter dem Titel
»Le malentendu« erstmals im Februar 1926 in der
Zeitschrift »Les Œuvres libres«, 1930 in der
»Collection de bibliothèque« bei Fayard, Paris,
und 2010 bei Éditions Denoël, Paris.

MIX
Papier aus verantwortungsvollen Quellen
FSC® C083411
FSC
www.fsc.org

Verlagsgruppe Random House FSC® N001967
Das für dieses Buch verwendete FSC®-zertifizierte
Papier *Lux Cream* liefert Stora Enso, Finnland.

1. Auflage
Genehmigte Taschenbuchausgabe September 2015,
btb Verlag in der Verlagsgruppe Random House GmbH, München

Umschlaggestaltung: semper smile, München,
unter Verwendung einer Idee von bürosüd°, München
Umschlagfoto: © Corbis / Sean Sexton Collection
Druck und Einband: CPI books GmbH, Leck
MK · Herstellung: sc
Printed in Germany
ISBN 978-3-442-74951-5

www.btb-verlag.de
www.facebook.com/btbverlag
Besuchen Sie auch unseren LiteraturBlog www.transatlantik.de

1

Yves schlief wie ein kleiner Junge, tief und fest. Er hatte die Stirn in die Ellenbeuge gelegt und in seinem schweren, vertrauensvollen Schlaf instinktiv eine kindliche Haltung eingenommen; selbst das unschuldige, ernste Lächeln eines Kindes war zurückgekehrt. Er träumte von einem flachen Strand, überflutet von Sonnenschein, von Abendlicht über dem Meer, von der Sonne zwischen den Tamarisken.

Er war jedoch seit über vierzehn Jahren nicht mehr in Hendaye gewesen, und am Vortag, als er spätabends angekommen war, hatte er von diesem herrlichen Ort im Baskenland nur einen schattenhaften, geräuschvollen Abgrund wahrgenommen – das Meer –, ein paar Lichter inmitten einer noch dichteren Dunkelheit, einem Tamariskenwäldchen, wie er vermutete, und weitere Lichter am Rand der Wellen – das Kasino; an dieser Stelle hatten einst die Fischerkähne auf dem Wasser geschaukelt. In der Erinnerung war das sonnendurchflutete Paradies seiner Kindheit freilich intakt geblieben, und seine Träume ließen es wieder auferstehen, bis ins kleinste Detail, bis zu dem würzigen Geschmack der Luft.

Als Kind hatte Yves in Hendaye seine schönsten Ferien verbracht. Jede Minute hatte er ausgekostet in diesen goldenen Tagen, die ihm in den Schoß gefallen waren wie reife Früchte, gewärmt von einer Sonne, die seinen entzückten

Augen gänzlich neu erschienen war, wie in der Frühzeit der Erde. Seitdem schien das Universum ganz allmählich seine frischen Farben verloren zu haben, und selbst das Licht der alten Sonne war fahl geworden. Nur manchmal, in seinen Träumen, gelang es dem jungen Mann, der sich eine spielerische und lebhafte Phantasie bewahrt hatte, sie in ihrer ganzen ursprünglichen Strahlkraft wieder einzufangen; die auf solche Nächte folgenden Vormittage waren wie verzaubert von einer wohltuenden Traurigkeit.

An diesem Morgen fuhr Yves genau wie in Paris um Punkt acht Uhr aus dem Schlaf. Er öffnete die Augen und wollte schon aus dem Bett springen; doch da sah er durch einen Spalt des Fensterladens einen schmalen Strahl bis zum Kopfende seines Bettes dringen wie einen goldenen Pfeil und nahm gleichzeitig jenes leise Summen schöner Sommertage auf dem Land wahr, gemischt mit den Rufen von Tennisspielern in den angrenzenden Gärten, und jenes besondere, fröhliche Geräusch – Glockengeläut, Schritte, fremde Stimmen –, das genügte, um ihm in Erinnerung zu rufen, daß er sich im Hotel befand, einem großen Gebäude voller Müßiggänger.

Yves legte sich also wieder hin, lächelte, streckte sich und genoß seine herrlich faulen Gesten wie einen wiedergefundenen Luxus. Schließlich suchte er die Klingel, die zwischen den Gitterstäben des Messingbettes hing, und drückte sie. Nach einiger Zeit kam der Zimmerkellner mit dem Frühstückstablett herein. Er öffnete die Läden, und Sonnenlicht durchflutete den Raum.

»Was für ein herrliches Wetter«, sagte Yves laut, wie damals, als er noch Schüler war und all seine Vergnügungen und all seine Kümmernisse vom Wetter abhingen. Er sprang aus dem Bett und lief barfuß zum Fenster. Zunächst war er enttäuscht: Er hatte Hendaye als ein winziges Dorf kennengelernt, bewohnt von Fischern und Schmugglern; damals hatte es nur zwei große Villen gegeben, die von Pierre Loti, etwas weiter weg, linker Hand, in der Nähe des Flusses, der Bidassoa, und die seiner Eltern, rechter Hand, dort, wo sich jetzt etwa zwanzig solcher Häuser befanden, alle im gleichen schlecht nachgeahmten baskischen Stil. Er sah, daß man hinter dem Strand einen Damm angelegt hatte, der mit schütteren Bäumen bepflanzt war; dort parkten Autos. Schmollend wandte er sich ab. Warum hatte man diesen gesegneten Erdenwinkel so verschandelt, den er gerade wegen seiner Schlichtheit, seines versöhnlich stimmenden Charmes geliebt hatte? Doch er blieb am offenen Fenster stehen, und nach und nach, wie man in einem durch die Jahre veränderten Gesicht ein Lächeln, einen Blick wiedererkennt und sich davon leiten läßt, um zögernd die geliebten Züge wiederzufinden, entdeckte er mit dem Gefühl einer tiefen Zärtlichkeit Linien und Schattierungen wieder, den Umriß von Bergen, die schimmernde Oberfläche des Golfs, die leicht wogende Tamariskendecke. Und als er wieder jenen Duft nach Zimt und Orangenblüten in der Luft schnupperte, den der Wind von Andalusien herüberwehte, war er plötzlich versöhnt mit dem Werk der Zeit, er lächelte, und die alte Fröhlichkeit weitete seine Brust.

Mit leichtem Bedauern verließ er seinen Platz am Fenster und ging ins Bad; mit Lackfarbe gestrichen und weißgefliest, strahlte es im Sonnenlicht. Yves zog die Vorhänge zu, und die verschlungenen Muster auf der Gipürespitze wurden augenblicklich als Schatten auf den Boden geworfen und bedeckten ihn mit einem leichten, feingeflochtenen Teppich, der in Bewegung geriet, wenn der Meerwind in die Vorhänge fuhr. Hingerissen verfolgte Yves dieses Spiel von Licht und Schatten; er erinnerte sich daran, daß das auch als Kind sein liebster Zeitvertreib gewesen war. Jedesmal, wenn er in sich, dem nun erwachsenen Mann, solche kindlichen Züge entdeckte, wurde er weich, wie beim Betrachten alter Fotos, aber es mischte sich auch leichte Angst in dieses Gefühl.

Er hob den Blick und betrachtete sich im Spiegel. Seine Seele glich an diesem Morgen so sehr seiner Kinderseele an jenen strahlenden Ferienmorgen, daß das Spiegelbild ihm eine schmerzliche Überraschung bereitete: Er sah das Gesicht eines Mannes um die dreißig, müde, blaß, mit unreinem Teint und einem kleinen bitteren Zug um den Mund; das Blau der Augen schien verblichen zu sein, und die Lider waren schwer und hatten ihre langen, seidenweichen Wimpern verloren … Es war das Gesicht eines jungen Mannes, gewiß, doch dieses Gesicht war schon verwandelt, bearbeitet von der Hand der Zeit, die in die glatte Frische der jugendlichen Haut sanft, unerbittlich ein Netz feiner Linien gezogen hatte, eine erste schelmische Skizze vom Muster zukünftiger Falten. Yves fuhr sich mit der Hand über die Stirn; an den Schläfen wurde das Haar schon schütter. Gleich darauf betastete er unwillkürlich unter den an dieser Stelle borstig nachgewachsenen Haaren die Narbe, die nach seiner letzten Verwundung durch jenen fast tödlichen Granatsplitter zurückgeblieben war, dort oben in Belgien, nahe einer verkohlten Mauer zwischen toten Bäumen …

Doch der Kellner, der eintrat, um das Frühstückstablett abzuräumen, riß ihn aus seinen unmerklich düster werdenden Gedanken, wie an gewissen Sommertagen, wenn der allzu blaue Himmel sich bezieht, ohne daß man es bemerkt, und immer dunkler wird, bis sich dunkelgraue Gewitterwolken auftürmen. Yves zog sich eine Badehose an, schlüpfte in Espadrilles, warf ein Handtuch über die Schulter und ging zum Strand hinunter.

2

Ausgestreckt lag er auf dem heißen Sand, der unter den nackten Fersen knirschte. Er schloß die Augen, reckte sich und verharrte dann reglos, das Gesicht dem intensiven Licht des vor Hitze bleich wirkenden Augusthimmels zugewandt, um mit allen Flächen seiner Haut, die die Sonne verbrannte, die einzigartige Empfindung schweigenden, vollkommenen, fast animalischen Glücks auskosten zu können.

Um ihn herum waren Männer und Frauen, die meisten jung und schön und in beinahe unwahrscheinlichem Maß gebräunt, die sich, kaum bekleidet, gewandt bewegten. Andere lagen in Gruppen zusammen und trockneten ihre nassen Körper an der Sonne, wie er selbst; Jugendliche, bis zur Hüfte nackt, spielten am Rand der Wellen Ball; sie glitten an dem hellen Strand entlang wie in einem chinesischen Schattentheater. Yves war müde, weil er zu lange geschwommen war, und schloß die Augen; die Helligkeit des Mittags durchdrang seine geschlossenen Lider und tauchte ihn in feurige Finsternis, in der große Sonnen kreisten, gleichzeitig dunkel und glühend hell. Die Luft war angefüllt mit dem schallenden Geräusch der Wellen, die sich auf dem Sand brachen, als würden mächtige Schwingen das Ufer peitschen. Yves wurde vom hohen Lachen eines Kindes aus seiner Betäubung gerissen; ganz nah liefen eilige kleine Füße an ihm vorbei, und gleich darauf traf ihn eine Handvoll Sand. Er richtete sich auf und hörte eine Frauenstimme entsetzt rufen:

»Francette, ich bitte dich, Francette, wirst du wohl artig sein und sofort hierherkommen!«

Yves war jetzt vollständig wach. Er setzte sich auf, sah sich um und erblickte die Silhouette einer hübschen Frau im Badeanzug, die ein kleines Mädchen von zwei oder drei Jahren an der Hand hielt, stämmig und ziemlich drollig, wie es schien, mit einem dichten Haarschopf, der sich an der Sonne zu einem hellen Weizenblond verfärbt hatte, während die Haut dunkelbraun geworden war.

Yves sah, wie die beiden in Richtung Wasser gingen. Lange folgte er ihnen mit dem Blick und empfand dabei ein unbewußtes Vergnügen, das ebensosehr von dem kleinen Mädchen wie von der hübschen Mutter verursacht wurde. Das Gesicht der Frau hatte er nicht sehen können, aber ihr Körper glich einer hinreißenden kleinen Statue. Er konnte ein Lächeln nicht unterdrücken, als er daran dachte, daß ihm ein solcher Anblick in Paris schwerlich vergönnt gewesen wäre, während er ihm hier, am Strand, so natürlich vorkam. Gebräunt und rosig, wie sie war, mit all den Rundungen und all den Linien ihres Körpers, den man unter dem leichten Badeanzug ahnte, gehörte diese Frau ein wenig ihm, dem Unbekannten, da sie für ihn nicht weniger nackt war als gegenüber ihrem Geliebten. Vielleicht spürte er deshalb, als sie sich in der Menge der Badenden verloren hatte, einen ganz kleinen, rasch vorübergehenden Anflug von Bangigkeit, von Bedauern, ein Gefühl, das sich zur tiefen Verzweiflung verhielt wie ein Nadelstich zum Hieb eines Messers.

Unversehens überfiel ihn so etwas wie Überdruß, und er legte sich auf die Seite, um zerstreut mit dem hellen Sand zu spielen, ihn zwischen den Fingern rieseln zu lassen wie einen Strang dünner, seidiger und reizvoller Haare. Dann blickte er wieder aufs Meer hinaus in der Hoffnung, die undeutlich wahrgenommene junge Frau aus dem Wasser kommen zu sehen. Weibliche Gestalten, schwarz und rosa, gingen an ihm vorbei; aber sosehr er sich auch anstrengte, sah er diejenige nicht mehr, nach der er Ausschau hielt. Schließlich erkannte er sie doch wieder, dank des Kindes, das seine Aufmerksamkeit auf sich zog, weil es weinte und mit den Füßen aufstampfte; zweifellos war es das Salzwasser, das den lauten Protest verursachte, denn es hatte sich offenbar daran verschluckt. Die Mutter lächelte ein wenig und tröstete das kleine »Dummerchen«; dann bückte sie sich unvermittelt, hob es hoch, setzte es sich auf die Schultern und begann zu laufen. Yves sah deutlich ihre gut geformte und hoch angesetzte Brust, ihre geschmeidige und robuste Taille, die nur die ganz jungen Frauen von heute haben, die nie ein Korsett tragen, viel laufen und von klein auf tanzen; sie sah gleichzeitig kräftig und graziös aus und weckte die vage Erinnerung an eine Griechin, die aufrecht geht, ohne sich unter dem Gewicht der Amphore auf ihrer Schulter nach vorn zu beugen. Genauso trug sie ihr hübsches Kind, und sie war sehr einfach und sehr schön inmitten dieser schönen und einfachen Natur. Yves stützte sich fast ein wenig ängstlich auf den Ellbogen, um sie besser zu sehen, wenn sie an ihm vorbeiging; er wollte ihr Gesicht genau in Augenschein nehmen; und er sah es, sah, daß es fast ebenso dunkelbronzefarben war wie das ihrer kleinen Tochter, sah ein rundes Kinn mit einem Grübchen, einen halb geöffneten feuchten roten Mund, der nach Salz und Gischt schmecken mußte, sah jene arglose und ernste Miene, die nur Kinder und manchmal sehr junge Frauen haben; und dann sah er noch kurzgeschnittenes Haar, eine schmale, reine Stirn und schwarze, vom rauhen Seewind zerwühlte Locken, die so kräftig und rebellisch waren wie die Marmorlocken der Statuen jugendlicher Griechen. Sie war wirklich sehr hübsch. Schon war sie in einem Zelt verschwunden, und er war enttäuscht, weil er nicht genug Zeit gehabt hatte, die Farbe ihrer Augen zu erkennen.

Einige Augenblicke später ging er wieder zum Hotelgarten hinauf; er war wie geblendet von der klaren Luft und der Sonne, und Kopfweh machte ihm zu schaffen. Er setzte langsam einen Fuß vor den anderen und blinzelte ein wenig, ohne sich von dem unerträglichen Licht befreien zu können, das auch an seinen Wimpern hängenzubleiben schien und ihn plötzlich störte, da er an die gebrochenen Farben des Pariser Himmels gewöhnt war. Er betrat die Hotelhalle, und dort fiel sein Blick als erstes auf das kleine Mädchen, das ihn mit Sand beworfen hatte und das jetzt laut lachend auf den Knien eines weißgekleideten Herrn auf und ab hüpfte. Yves betrachtete ihn; er glaubte, ihn zu kennen; er fragte den Pagen, der den Aufzug bediente, nach dem Namen.

»Monsieur Jessaint«, erwiderte der junge Mann.

›Ich kenne ihn doch‹, sagte sich Yves.

Er zweifelte keinen Moment daran, daß es sich um den Ehemann der hübschen Frau vom Strand handelte; aber statt sich über den Zufall zu freuen, der es ihm erlaubt hätte, sich ihr auf unkomplizierte Weise zu nähern, dachte er mürrisch und ohne jede Logik, wie es typisch ist für viele Männer:

›Zum Teufel! Schon wieder bekannte Gesichter … Kann man denn nicht einmal vierzehn Tage lang allein sein und seine Ruhe haben?‹

3

Yves Harteloup war 1890 geboren worden, mitten in der Umbruchszeit zwischen zwei Jahrhunderten, hinein ins Fin de siècle einer gesegneten Epoche, in der es in Paris noch immer Männer gab, die nichts taten, in der man mit Eifer niederträchtig und voller Hochmut boshaft sein konnte, in der das Leben für die Mehrzahl der Menschen beschränkt und friedlich war wie ein Bach, dessen Quelle und weiteren Verlauf bis hin zur Mündung man immer ungefähr voraussehen konnte.

Yves war der Sohn eines Parisers aus edlem Geschlecht, dessen Dasein so geschäftig und so leer gewesen war wie das der meisten Männer seiner Kreise; doch er hatte zwei Leidenschaften gepflegt: Frauen und Pferde. Die einen wie die anderen hatten gleichartige Empfindungen von Rausch, verzweifelter Kopflosigkeit und Gefahr in ihm hervorgerufen. Da er Paris nie verlassen hatte, außer um nach Nizza oder Trouville zu den Rennen zu fahren, da er von der Welt nichts gesehen hatte außer den Boulevards, den Rennstätten und dem Bois de Boulogne, da er seine Blicke beschränkt hatte auf die Augen der Frauen, seine Wünsche auf ihre Münder, konnte er in der Stunde seines Todes, als der Priester ihm das ewige Leben in Aussicht stellte, die Antwort geben: »Aber wozu? Ich will nur ausruhen. Ich habe schon alles erlebt.«

Yves war achtzehn Jahre alt, als sein Vater starb. Er konnte sich gut an die sanften Hände dieses Mannes erinnern, an sein Lächeln voll Zärtlichkeit und leisem Spott, an den leichten verwirrenden Duft, der immer um ihn war, als hätten die Falten seiner Kleider den Duft all der Frauen bewahrt, die er liebkost hatte. Yves war ihm ähnlich; auch er hatte schöne Hände, wie gemacht für Müßiggang und Liebe, und er hatte dieselben klugen und klaren Augen; doch bei seinem Vater waren sie scharf gewesen, voll ungestümer Lebendigkeit, während sie bei ihm selbst manchmal trüb wirkten, voller Mattigkeit und Unbehagen und so unergründlich wie ein tiefer See …

Yves konnte sich auch noch gut an seine Mutter erinnern, obwohl er sie sehr früh verloren hatte; jeden Morgen hatte die Gouvernante ihn zu ihr gebracht, während sie frisiert wurde; sie trug leichte Morgengewänder, mit Flitter und Spitzen besetzt, und wenn sie sich bewegte, klang es wie das Flattern eines Vogels; er erinnerte sich sogar noch an ihre Mieder aus schwarzem Satin, die einen hübschen, zierlichen Körper umschlossen hatten, eine nach den Vorgaben der Mode geformte Silhouette, rotes Haar und rosige Haut.

Er hatte die glückliche Kindheit eines kleinen Jungen aus reichem Haus gehabt. Seine Eltern liebten ihn und sorgten sich um ihn, und da sie glaubten, das Leben zu kennen, das er einmal führen würde – ein freizügiges, luxuriöses und müßiges Leben –, bemühten sie sich, ihm schon früh jenen Sinn für Schönheit und Philosophie einzupflanzen, der das Dasein veredelt, und dazu den Geschmack an tausend subtilen Nichtigkeiten, die es durch Eleganz und Luxus verschönern und mit unvergleichlicher Anmut schmücken. Und Yves wuchs auf und lernte, die schönen Dinge zu lieben, Geld auszugeben, sich gut zu kleiden, ebenso wie zu reiten, zu fechten und – dank der diskreten Unterweisungen seines Vaters – die Frauen als das einzig lohnende Gut der Welt zu betrachten, die Wollust als eine Kunst und das Leben als eine hübsche und leichte Sache, aus der der Weise nur Freuden zu gewinnen versteht.

Mit achtzehn war Yves Waise und mit ausreichend Geld versehen, sein Unterricht war beendet. Die Trauer zwang ihm ein relativ einsames Leben auf, er langweilte sich und begann lustlos, sich auf die Prüfungen der geisteswissenschaftlichen Fakultät vorzubereiten, doch dann kam ihm die Idee zu reisen: Denn darin unterschied er sich von seinem Vater wie von der gesamten vorangegangenen Generation, daß das Universum für ihn nicht an der Avenue de l'Opéra aufhörte und der Pfad der Tugend nicht der einzig gangbare war; fremde Länder hatten schon immer leidenschaftliche Neugier in ihm geweckt, obwohl sein Vater seinen Wissensdrang mit einem verächtlichen Lächeln als »romantisch« zu bezeichnen pflegte. Yves verbrachte also mehrere Monate in England, träumte von einer Reise nach Japan, die er niemals antrat, besuchte einige alte, verlassene Dörfer in Deutschland, verlebte wunderbare Tage in Siena und ein ganzes Frühjahr in Spanien, dem Land, mit dem er seine schönsten Kindheitserinnerungen verband: Zusammen mit einer Gouvernante war er den Sommer über nach Hendaye geschickt worden, unweit der spanischen Grenze, in ein altes Haus seiner Eltern. So lebte er, ständig den Ort wechselnd, etwas mehr als zwei Jahre und kehrte Anfang

1911 nach Paris zurück. Dort ließ er sich nieder; in Versailles leistete er seinen Militärdienst ab, und zwei, drei Jahre vergingen rasch und angenehm. Er erinnerte sich jetzt daran wie an einen schönen Frühling, kurz, sonnig und mit Liebesabenteuern angefüllt, die ihm leer und flüchtig, aber doch auch bezaubernd vorkamen. Und dann, mitten in diesem Leben, brach unvermittelt der Krieg aus wie ein Donnerschlag aus heiterem Himmel.

1914: Der Abmarsch, die erste Begeisterung, das Grauen des Todes. 1915: Kälte, Hunger, der Schlamm der Schützengräben, der Tod als vertrauter Begleiter, der einem nicht von der Seite wich und neben einem im Unterstand schlief. 1916: Wieder Kälte, Dreck, Tod. 1917: Müdigkeit, Resignation, Tod… Ein unendlich langer Alptraum… Einige hatten ihn überlebt – die guten Bürger, die Ruhigen –, sie waren kaum verändert zurückgekehrt und fanden sich wieder in ihre alten Gewohnheiten ein, in ihren alten Seelenzustand, als würden sie in abgetragene Pantoffeln schlüpfen. Andere – die Leidenschaftlichen – trugen ihre Revolte, ihr Fieber, ihr qualvolles Begehren unter die Menschen. Wieder andere – zum Beispiel Yves – waren nach ihrer Rückkehr einfach nur müde. Sie hatten zunächst geglaubt, daß die Müdigkeit ein vorübergehender Zustand wäre und die Erinnerung an jene dunklen Stunden sich in dem Maß abschwächte, in dem das Leben wieder ruhig, normal und friedlich verliefe, daß sie eines Tages aufwachen würden und kräftig, fröhlich und jung wären wie zuvor. Doch die Zeit verging, und »es« blieb und fraß an ihnen wie ein langsam wirkendes Gift. »Es« war ein sonderbarer Blick in die Ferne, ein Blick, der alle menschlichen Schrecken gesehen hatte, alles Elend, alle Ängste, »es« war die Verachtung des Lebens und das heftigste Verlangen nach den gröbsten, den fleischlichen Vergnügungen, »es« war Trägheit – denn dort hatte während so vieler Jahre die einzige Arbeit daraus bestanden, mit verschränkten Armen auf den Tod zu warten – und eine bittere Feindseligkeit gegenüber allen anderen Menschen, weil sie nicht gelitten hatten, weil sie das alles nicht gesehen hatten … Viele waren mit solchen Gedanken zurückgekehrt; viele hatten weitergelebt wie der auferweckte Lazarus, der mit ausgestreckten Armen zu den Lebenden geht, das Leichentuch noch um die Beine gewikkelt, die Pupillen vergrößert von einer schrecklichen Trostlosigkeit.

Erst 1919 kehrte Yves, der dreimal verwundet worden war, mit dem Kriegskreuz an der Brust endgültig nach Paris zurück; er brachte seine Angelegenheiten in Ordnung und rechnete nach, wieviel ihm von seinem Vermögen geblieben war. Es war nämlich auf Anraten seines Notars in zwei Teile geteilt worden. Das Erbe seiner Mutter hatte er in die Fabrik seines Onkels mütterlicherseits gesteckt, eines schwerreichen Industriellen. Von dieser Seite her war ihm nichts geblieben: Der Onkel war 1915 völlig ruiniert gestorben. Es blieb das Erbe seines Vaters, das vor dem Krieg in ausländische Aktien umgewandelt worden war, hauptsächlich deutscher und russischer Unternehmen. Alles in allem konnte Yves nun auf eine Rente rechnen, die gerade ausreichte, um seine Zigaretten und seine Taxifahrten zu finanzieren. Er mußte seinen Lebensunterhalt selbst verdienen. Es folgten düstere Stunden, an die er sich später nicht erinnern konnte, ohne daß ihm ein Schauder über den Rücken lief. Dieser junge Mann, der vier Jahre lang ein Held gewesen war, zeigte sich mutlos angesichts der Mühen des Alltags, der ihm aufgezwungenen Arbeit, der armseligen Tyrannei der bloßen Existenz. Gewiß, er hätte auch eine vorteilhafte Ehe eingehen können, hätte eine Tochter aus neureichem Hause oder eine dollarschwere Amerikanerin heiraten können, doch man hatte ihm all diese Skrupel und all diese taktvollen Zweifel eingepflanzt, die ein Luxus sind, doch wesentlich belastender als die meisten anderen, man hatte ihn sogar dazu erzogen, Prinzipien zu haben, die aus dem Gewissen so etwas wie einen gotischen Stuhl machen, sehr hart, mit hoher Lehne, sehr schön und sehr unbequem. Schließlich hatte er eine Stelle in der Verwaltung einer großen internationalen Presseagentur gefunden, zweitausendfünfhundert Francs im Monat, und unverhofft hatte sich seine Lage verbessert.

Seit 1920 – es war inzwischen August 1924 – führte Yves nun das Leben eines Angestellten, das er haßte, wie kleine Jungen, die sehr faul und sehr sensibel sind, das Internat hassen. Er wohnte immer noch in seiner alten Wohnung voller Andenken, Blumen und hübscher, liebevoll arrangierter Gegenstände. Jeden Morgen um acht Uhr, wenn es hieß, aufzustehen, sich hastig anzuziehen, die warmen, dämmrigen Zimmer zu verlassen und in die grausame Kälte der Straße hinauszutreten, dann in das kahle, häßliche Büro, wo man den ganzen Tag damit verbrachte, Aufträge zu erteilen und Aufträge entgegenzunehmen, zu schreiben, zu reden, empfand Yves erneut Verzweiflung, und erneut spürte er den haßerfüllten und vergeblichen Impuls der Rebellion in sich, den schrecklichen, schwarzen, überwältigenden Überdruß. Er war weder ehrgeizig noch betriebsam; sorgfältig tat er, was er zu tun hatte, fast wie man für den Unterricht am nächsten Tag seine Hausaufgaben erledigt.

Es kam ihm nicht einmal der Gedanke, daß er Geschäfte machen könnte, kämpfen könnte, versuchen könnte, sich zu bereichern. Als Sohn und Enkel reicher Leute, die nie gearbeitet hatten, litt er unter dem Mangel an Leichtigkeit, an Sorglosigkeit, wie man unter Hunger und Kälte leidet. Nach und nach hatte er sich an sein Leben gewöhnt, weil man sich wohl oder übel an alles gewöhnt, doch seine Resignation war eine schwere und traurige Bürde. Die immer gleichen Tage gingen vorüber und hinterließen abends nur ein Gefühl äußerster Mattigkeit, Kopfweh, ein bitteres und krankhaftes Bedürfnis nach Einsamkeit. Hastig aß er im Restaurant oder zu Hause am Kamin, mit seinem Hund Pierrot, einer lockigen Promenadenmischung, die einem Lämmchen ähnelte, zu seinen Füßen, und ging früh schlafen, denn die Nachtklubs und Tanzcafés waren teuer, und zudem mußte er am nächsten Tag rechtzeitig aufstehen. Er hatte Liebschaften gehabt, die höchstens zwei, drei Monate gedauert hatten; so schnell sie begonnen hatten, so schnell waren sie wieder vorüber. Die Frauen hatten ihn sehr bald gelangweilt, und er wechselte sie oft, weil er der Meinung war, daß nur die erste Umarmung etwas wert sei. Auf das wunderbarste beherrschte er jene zutiefst moderne Kunst, die darin bestand, Frauen »fallenzulassen«: Er wußte sich ihrer ganz sanft zu entledigen. Bisweilen, wenn er wieder einmal eine Frau verließ, mit dem Gefühl von Erleichterung wie nach Erledigung einer lästigen Pflicht, erinnerte er sich an seinen Vater, der den Sinn des Lebens in diesen Augen, diesen Brüsten, diesen kurzen Aufwallungen zu finden geglaubt hatte. Frauen … Für Yves waren sie nicht mehr als hübsche und praktische Objekte. Es hatte so viele von ihnen gegeben seit dem Krieg, und es war so einfach gewesen … Und dann, wirklich – nein, nein, er konnte sich noch so sehr in diese zärtlichen und heuchlerischen Blicke versenken, er fand in ihnen nicht jenen intimen Schauder der Seele, jenen Schimmer des Unbekannten, den sein Vater zu erblicken gemeint hatte, den vielleicht auch er auf dunkle Weise suchte. Und er dachte, daß für einen Mann, der seinen Blick in die Augen von Sterbenden gesenkt hatte, der verwundet zu Boden gestürzt war, der krampfhaft die Augen aufgerissen hatte in dem Versuch, ein wenig Himmel zu erspähen, bevor der Tod ihn ereilte, daß für einen solchen Mann eine Frau weder rätselhaft noch geheimnisvoll sein konnte, noch irgendeinen anderen Reiz bereithielt, außer dem, gefällig, hübsch und frisch zu sein. Die Liebe … das mußte ein Gefühl von Frieden, von Stille, von unendlicher Heiterkeit sein … Die Liebe, das mußte bedeuten, Ruhe zu finden … wenn es so etwas gab …

4

Jeden Sommer bekam Yves einige Wochen Urlaub, und da er den Winter über sehr sparsam lebte, konnte er es sich erlauben, seine Ferien zu verbringen, wie und wo es ihm gefiel. In diesem Jahr war er nach Hendaye gekommen, weil er den Wunsch gehabt hatte, den schönen Strand wiederzusehen, an dem er als Kind gewesen war, aber auch, weil er glaubte, in Hendaye gebe es weniger Versuchungen aller Art als anderswo; zudem lag Hendaye in der Nähe von Biarritz und San Sebastian, zwei der liebenswertesten Zentren im kosmopolitischen Rummel. Außerdem liebte er das freie und wilde Meer und das strahlende Licht des Baskenlands. Und schließlich schenkte ihm das müßige und bequeme Leben in einem der großen Hotels dasselbe tiefe Wohlbefinden, das einen überkommt, wenn man sich nach einer langen Eisenbahnfahrt in das warme Wasser einer Badewanne gleiten läßt.

An jenem Nachmittag war Yves gegen zwei Uhr, nachdem er sich lange Zeit mit seiner Toilette aufgehalten hatte, in den riesigen Speisesaal hinuntergegangen, in dem fast niemand mehr war, und hatte dort zu Mittag gegessen; trotz der beigefarbenen Vorhänge vor den großen Fenstern drang die Sonne in den Raum, funkelnd, hellgelb, wie ein märchenhafter Lichtschweif. Yves mußte gegen das kindische Bedürfnis ankämpfen, mit den Händen über die goldenen Strahlen zu streichen; sie tanzten auf dem Tischtuch und dem Besteck, sie entzündeten Rubine und blutrotes Gefunkel am Grund seines Glases mit altem Burgunder. Um ihn herum saßen noch vereinzelte spanische Familien, die gerade ihr Essen beendeten und sich mit kehligen Stimmen unterhielten; die Frauen waren schwer und welk, die jungen Leute sahen schneidig aus; fast alle hatten wunderbare Augen, samtweich oder feurig, und als Yves sie betrachtete, dachte er daran, wie nah Spanien war, und begann davon zu träumen, im Oktober einmal dorthin zu fahren, die rosafarbenen Häuser zu sehen, die Innenhöfe mit den sprudelnden Brunnen. Doch dann riß ihn der Gedanke an das Datum, an dem sein Urlaub zu Ende wäre, aus seiner Träumerei, und traurig und vernünftig geworden, richtete er seinen Blick, der sich schon in den Pyrenäen verloren hatte, wieder auf die saftige Birne, die er gerade schälte. Als er sie gegessen hatte, trat er auf die Terrasse hinaus.

Dort saßen die Leute grüppchenweise um kleine Weidentische herum, tranken Kaffee und blätterten in Zeitungen aus Paris und Madrid; auf einem Podium stimmten Musiker ohne Hast ihre Instrumente; im Garten spielten unermüdliche Jugendliche bereits Tennis; der Seewind bauschte die Vorhänge aus schwerer Baumwolle, die wie Segel klatschten. Yves näherte sich der Balustrade, um das Meer zu betrachten, denn davon bekam er nie genug.

Er hörte, wie jemand seinen Namen rief.

»Wie geht es Ihnen, Harteloup? Sind Sie schon lange hier?«

Er drehte sich um und sah Jessaint. Neben ihm die junge Frau vom Strand, im Schaukelstuhl; sie war ganz in Weiß, ohne Hut, und ihre schmalen Füße steckten in Sandalen mit Bändern. Ihre kleine Tochter tollte neben ihr auf den warmen Fliesen der Terrasse umher.

Jessaint fragte:

»Kennen Sie meine Frau?... Denise, darf ich Ihnen Monsieur Harteloup vorstellen?«

Yves verbeugte sich; dann sagte er, auf die erste Frage antwortend, die man ihm gestellt hatte:

»Ich bin erst gestern abend angekommen. Man sieht es wahrscheinlich«, fügte er lächelnd hinzu und zeigte seine blassen Pariser Hände.

Die junge Frau begann zu lachen:

»Stimmt! Wir sind hier alle schwarz wie die Neger...«

Sie betrachtete Yves aufmerksam und fügte hinzu:

»Nicht wahr... das waren Sie... meine Tochter hat Sie heute morgen am Strand mit Sand beworfen? Ich hätte mich sofort dafür entschuldigen müssen; aber ich habe lieber so getan, als würde ich glauben, Sie schliefen... Ich schämte mich dafür, eine so ungezogene Tochter zu haben«, sagte sie schließlich, während sie die Kleine an sich zog, die ihnen ihr rundes und fröhliches Gesicht zuwandte.

Yves schlug einen härteren Ton an.

»Du warst das also, mein Fräulein, du hast einen friedlichen jungen Mann so gequält, obwohl er dir gar nichts getan hat?«

Das kleine Mädchen lachte laut und versteckte seinen Kopf unter den Knien seiner Mutter.

»Sie scheint Humor zu haben«, stellte Yves fest.

»Sie ist unerträglich«, sagte die Mutter mit liebenswürdigem Stolz im Blick.

Sie zog das Kind unter ihrem Rock hervor, legte den Finger unter das kleine runde Kinn und sagte:

»Aber es wird schon nicht so schlimm sein, denn wir sind nur deshalb so frech und unartig, weil wir noch so klein sind, nicht wahr, Mademoiselle? Wir sind gerade erst zweieinhalb Jahre alt.«

»Ich werde ihr natürlich niemals verzeihen«, sagte Yves.

Er hob das kleine Fräulein mit beiden Händen hoch und warf es in die Luft; es zappelte mit seinen nackten Beinchen und lachte ausgelassen. Als er es wieder auf den Boden setzen wollte, bat das Mädchen: »Noch einmal, noch einmal, bitte, Monsieur«, und Yves, dem es Spaß machte, mit dem kleinen sonnengebräunten Paket zu spielen, setzte das Spiel noch eifriger fort; sie waren beide betrübt, als sie aufhören mußten, weil das Kindermädchen kam, um mit der Kleinen zum Strand zu gehen.

»Sie lieben Kinder?« fragte Jessaint, nachdem das Mädchen widerstrebend mitgegangen war.

»Über alles. Vor allem wenn sie so hübsch und so quicklebendig sind und immer lachen wie Ihre Tochter.«

»Das tut sie nicht immer«, sagte Denise lächelnd. »Aber sie tut es vor allem hier … Das Meer berauscht sie, diese Kleine … Sie kann so leicht und plötzlich vom Lachen zum Weinen wechseln, daß es zum Verzweifeln ist.«

»Wie heißt sie?«

»Francette – France, weil sie am Tag des Waffenstillstands geboren wurde.«

Jessaint sagte:

»Komisch, daß Sie Kinder so gern mögen … Bei mir ist es anders. Natürlich bin ich in meine Tochter verliebt, aber die Kinder von anderen kann ich nicht ertragen … Sie machen Lärm, sie töten einem den Nerv …«

»Tut Ihr eigenes Kind das etwa nicht?« protestierte Denise. »Sie allein ist schlimmer als eine ganze Kinderhorde!«

»Nein, Sie übertreiben … Und außerdem ist sie ja meine eigene, und vor allem die Ihre«, sagte er, indem er sich über die Hand seiner Frau beugte und einen Kuß darauf hauchte …

Yves beobachtete ihn und sah, daß seine Miene sich voller Zärtlichkeit aufhellte, wenn er mit Denise sprach. Jessaint bemerkte den Blick des jungen Mannes; er fürchtete, daß Yves seinen Gefühlsausbruch geschmacklos gefunden hatte, und sagte etwas verlegen:

»Das kommt Ihnen wahrscheinlich idiotisch vor … Ich bin nur so liebevoll, weil ich bald abreise …«

»Sie reisen ab?«

»Ja, ich muß nach London … Für ein paar Wochen … Ich werde heute abend fahren.«

Und da es ihm peinlich war, soviel von sich und den Seinen gesprochen zu haben, fragte er:

»Und Sie, mein lieber Harteloup, was haben Sie in der Zwischenzeit gemacht?«

Yves machte eine vage Geste.

Jessaint erklärte seiner Frau:

»Harteloup und ich waren Zimmergenossen im Krankenhaus von Saint-Anges, diesem schrecklichen, finsteren Dorf in Belgien, ich weiß nicht mehr, wie es hieß …«

»Wassin … oder Lieuwassin?«

»Lieuwassin … genau … Er war übel zugerichtet, der arme Junge …«

»Ein Lungendurchschuß«, sagte Yves, »aber das ist auskuriert.«

»Um so besser, um so besser ... Mein Bein tut mir immer noch weh, ich kann kein Pferd mehr besteigen ...«

Denise fragte:

»Haben Sie beide sich seit dem Krieg schon einmal wiedergesehen?«

»Ja, ein paarmal bei den Haguets, und in der Rue Bassano, nicht? Bei Louis de Brémont. Aber ich wußte nicht, daß Sie verheiratet sind, Jessaint ...«

»Damals war ich noch nicht verheiratet, nur verlobt ... Seit unserer Heirat gehen wir kaum noch aus ... Ich bin oft auf Geschäftsreise.«

»Ich weiß, ich habe von Ihrer Erfindung gehört«, sagte Yves.

Es handelte sich um Anlagen, mit denen der Rauch von Industrieschloten umgeleitet und wieder nutzbar gemacht werden konnte. Während des Krieges hatte das dem kleinen Ingenieur Jessaint große Bekanntheit und ein bedeutendes Vermögen eingebracht.

Jessaint errötete ein wenig; er hatte ein sympathisches, wenn auch etwas einfaches, grobschlächtiges Gesicht, das jedoch erhellt war von sehr weichen und sehr klugen blauen Augen.

Der Kellner brachte den Kaffee, und Denise servierte ihn; die Sonne ließ die Härchen auf ihrem nackten Arm glänzen; sie hatte das ernste Lächeln einer kleinen Statue. Dann kreuzte sie die Arme hinter dem Nacken, schloß die Augen und begann, mit ihrem Stuhl schweigend hin- und herzuschaukeln, während die Männer sich mit gedämpften Stimmen weiter über den Krieg unterhielten, von jenen sprachen, die in Belgien ihr Grab gefunden hatten, und von den anderen, die zurückgekehrt waren. Etwas später wurden sie von Denise unterbrochen:

»Entschuldigen Sie bitte … Können Sie mir sagen, wie spät es ist?«

»Gleich vier Uhr, Madame.«

»Oh, dann ist es Zeit, daß ich mich umziehe … Sollen wir noch nach Biarritz fahren, um einen Koffer für Sie zu kaufen, Jacques?«

»Natürlich.«

»Und ich«, sagte Yves und stand auf, »werde noch einmal baden gehen.«

»Haben Sie keine Angst, daß das zuviel für Sie wird?«

»Nie und nimmer, ich lebe auf, wenn ich im Wasser bin!«

Sie gingen gemeinsam ins Haus, während Jessaint auf der Terrasse blieb, um seinen Kaffee zu Ende zu trinken. Yves betrachtete die junge Frau in Weiß, die vor ihm herging; ihr schwarzes Haar wirkte leicht und bläulich im hellen Licht, wie der Rauch orientalischer Zigaretten; am Fuß der Treppe wandte sie sich zu ihm um und lächelte.

»Leben Sie wohl, Monsieur … Auf bald …«

Sie gab ihm mit jenem angenehm freimütigen Blick die Hand, den er bereits bemerkt hatte. Dann verschwand sie in der Drehtür des Hotels, während er sich langsam auf den Weg zum Strand machte.

5

Am nächsten Tag sah er sie wieder, während der Siesta auf dem heißen Sand. Jessaint war nach London gefahren, wie er gesagt hatte. Yves ging zu ihr, strich über den feuchten blonden Kopf der kleinen France, sprach mit der Mutter über ihren Mann und über gemeinsame Freunde, die man so schnell entdecken kann, wenn man sich nur Mühe gibt.

Im Speisesaal, wo er sie später wiedertraf, saßen sie an benachbarten Tischen; in der Hotelhalle sah er sie erneut, als sie dort Zeitung las. Und so fort... Von da an traf er sie jeden Tag und zu jeder Stunde. Das war keineswegs erstaunlich: Hendaye ist sehr klein, und sie blieben beide in der Umgebung des Hotels. Denise wollte sich nicht von ihrer Tochter trennen: Sie war ängstlich und hatte die leicht erregbare Phantasie einer echten Mutter. Yves war benommen von diesem eintönigen und bezaubernden Leben, das sich mit der eigentümlichen Schnelligkeit gewisser glücklicher Träume abspielte... Strahlende Vormittage, lange, träge Tage voller Sonnenschein, kurze Dämmerungen und spanische Nächte, in denen alle Düfte Andalusiens über das Meer trieben... Daß Denise in seiner Nähe war, schien Yves ebenso natürlich wie auf sonderbare Weise lieb und teuer zu sein wie die Anwesenheit des Ozeans; vor dem Hintergrund der wogenden Tamarisken tauchte unversehens der Umriß dieser Frau auf wie eine anmutige

Spiegelung, geboren aus Sonne und Schatten; Yves wunderte sich kaum noch darüber. Und der helle Schein, das Meeresrauschen füllten seine Tage und Nächte mit lebendigen Farben und einer wilden Musik, an die er sich bald so sehr gewöhnt hatte, daß er sie nicht mehr wahrnahm. Denise' Schönheit ließ ihn kalt; wenn sie morgens am Strand im Badeanzug hin und her rannte, temperamentvoll und halbnackt, mit der ruhigen Freimütigkeit sehr junger und sehr schöner Menschen, empfand Yves keinerlei beunruhigendes Verlangen; er war weder gereizt noch gequält von jener brennenden Neugier, die Männern am Anfang einer Liebschaft oft so sehr zusetzt. Denise war hübsch, sie war vor allem einfach und kräftig, und diese Einfachheit, dieser gesunde Körper bezauberten Yves auf eine fast unbewußte Weise. Er fragte sich nicht, ob sie ehrlich war, ob sie einen Geliebten hatte oder vielleicht sogar mehrere. Er zog sie nicht mit Blicken aus. Wozu? Sie war ohne Geheimnis, und wenn sie sich trennten, gab sie ihm keine Rätsel auf. Wenn sie da war, dachte er nicht an sie. Doch war sie nicht immer da? Wenn er sie am Morgen sah, war er zufrieden: War sie ihm nicht das Symbol, das sichtbare Zeichen dieser glücklichen Ferien? Als Schüler hatte er in Hendaye jeden Abend zwei Frauen in schwarzen Mantillen gesehen, die sie von Kopf bis Fuß einhüllten, zwei Spanierinnen … Sie sprachen die rauhe und kehlige Sprache, die er damals noch nicht verstand. Im Dunkel der Nacht sah er ihre Gestalten nicht, doch wenn der Lichtpinsel des Leuchtturms sie erfaßte, tauchten sie unvermittelt auf, erleuchtet vom grellen Licht des starken Scheinwerfers; dann entfernten sie sich wieder, gemessenen Schrittes, mit schwankenden Röcken.

Yves hatte nie ein Wort mit ihnen gewechselt; später glaubte er, daß es Frauen gewesen waren, die im Hotel arbeiteten; sie waren nicht einmal schön gewesen, und wenn er in sie verliebt gewesen war – auf unbestimmte Weise, wie man mit fünfzehn verliebt ist –, so spürte er das Feuer jenes Gefühls gewiß stärker in der Nähe der Tochter des Strandwächters, seiner ersten Geliebten, oder der kleinen Amerikanerin, die er hinter den Kabinen auf den Mund küßte. Die beiden anderen hatte er vergessen, doch sobald er sich an jenen Sommer seiner Kindheit erinnerte, tauchten sie wieder auf – zwei fremde Frauen, die in einer ihm unverständlichen Sprache miteinander sprachen, mit schwankenden Röcken und den schwarzen Mantillen über den Köpfen ... So sagte er sich, daß ihm, wenn er Denise später einmal in Paris wiedersähe, mit verblüffender Deutlichkeit der helle und heiße bogenförmige Strand in den Sinn kommen würde, und dahinter das Ufer der Bidassoa, in der ganzen Pracht eines Sommertags. Wenn man Musik hört, stehen einem ferne Tage plötzlich wieder vor Augen. Eine einfache Melodie, die man liebt, beschwört die Vergangenheit herauf, aber auch die Gesichter von Frauen haben diese Macht, dachte Yves.

6

Eines Tages erschien Denise nicht am Strand. Yves bemerkte es nicht gleich; er badete wie gewohnt, schwamm lange, geblendet von den Lichtfunken, die in den Wellentälern tanzten; an seinem üblichen Platz ganz in der Nähe von Denise' Zelt legte er sich auf den Sand. Die junge Frau war nicht da. Die kleine Francette war im Badeanzug, backte Sandkuchen und zerstörte sie gleich wieder, mit heftigen Schaufelhieben und mit einer wilden, destruktiven Energie; das Kindermädchen las.

Yves drehte sich auf die Seite, von der linken auf die rechte, mit einem tiefen, beunruhigten Seufzen, dem Seufzen eines träumenden Hundes. Er war nervös, aber es gelang ihm nicht, die Ursache seiner Nervosität auszumachen, er atmete mit beengter Brust, nahm die dumpfen, raschen Schläge seines Herzens wahr. ›Ich bin zu lange im Wasser geblieben‹, dachte er. Er stützte sich auf den Ellbogen und winkte die kleine France zu sich. Sie erkannte ihn, begann zu lachen, stand auf, machte zwei Schritte auf ihn zu, kehrte ihm dann den Rücken und lief mit dem unerklärlichen Sinn der Kinder für Scherz und Spott vor ihm davon. Er legte sich wieder hin; biß sich voller Ärger immer wieder auf die Lippen. Und doch suchte er weiterhin hartnäckig nach körperlichen Ursachen für sein Unbehagen: Es war heiß, die Sonne lastete wie ein bleierner Mantel auf seinen Schultern; der Sand, der beständig von einem glühendheißen Wind aufgewirbelt wurde, streifte seine Beine und kitzelte seine nackte Haut, daß es fast nicht zu ertragen war. Er fragte sich nicht einfach, wo Madame Jessaint sei, sondern gab vage, heuchlerische Antworten auf das, was unformuliert blieb: ›Sie wird schon kommen ... Sie hat sich verspätet ... Vielleicht fühlt sie sich nicht wohl ... Sie geht nicht baden, aber sie wird noch kommen, um zuzuschauen, wie die Kleine schwimmt ... Es ist ja noch nicht spät ...‹ Und er wälzte sich auf dem heißen Sand ruhelos hin und her wie ein Kranker auf seinem Bett; er war eigentlich nicht unglücklich, es hatte ihn nur genau das Gefühl überkommen, das die Engländer *uncomfortable* nennen, ohne daß er sagen konnte, warum. Unterdessen stieg die Sonne über ihm immer höher; der Strand leerte sich; lediglich einige halbnackte Jungen spielten am Rand der Wellen Ball. Schließlich gingen auch sie. Der Bademeister kam mit einigen Jungen vorbei, wie immer zur Mittagsstunde zogen sie das Rettungsboot an den Strand; sie spannten ihre braunen, nassen, muskulösen Arme an, die aussahen wie dicke Kabel; dann entfernten sie sich langsam. Der flache, verwaiste Strand erstreckte sich unermeßlich weit und blendendweiß unter der Mittagssonne. Yves blieb liegen, reglos, mit schwerem Kopf und eingeschnürter Kehle. Plötzlich sprang er auf. Was für ein Dummkopf er doch war! Sie war nicht an den Strand gekommen, weil ihr irgend etwas fehlte, aber sie würde bestimmt zu Mittag essen! Sicher war sie nicht so krank, daß sie an diesem herrlichen Tag im Bett bleiben würde, sagte er sich. Nur würde er sich schrecklich verspäten; jetzt hatte er keine

Zeit mehr, sich umzuziehen und sich zu rasieren. Hastig warf er sich das Handtuch über die Schulter und machte sich im Laufschritt auf den Weg zum Hotel.

Zwanzig Minuten später war er im Foyer, doch Denise war nicht da; ihr Gedeck im Speisesaal war aufgelegt, schien aber unberührt zu sein. Yves fand sein Lammkotelett zäh, die Erbsen verkocht, den Kaffee ungenießbar, und die Bedienungen waren unaufmerksam; übellaunig kommandierte er den Oberkellner herum und bestellte den Weinkellner an seinen Tisch, um ihm zu sagen, daß der Rotwein in der miesesten Spelunke in Paris besser sei als sein Corton von 1898, was den würdevollen Mann so verletzte, daß ihm fast die Tränen kamen.

Ohne den Pfirsich anzurühren, den er sich auf den Teller gelegt hatte, warf Yves seine Serviette hin und begab sich auf die Terrasse. In Denise' Schaukelstuhl saß Mademoiselle Francette und schaukelte mit ernster Miene hin und her. Sie trug ein kurzes Baumwollkleidchen, das so blau war wie der Himmel. Als sie den jungen Mann kommen sah, lief sie ihm entgegen und hängte sich an seinen Hals.

»Sing mir *Ladies go to market* vor, bitte, Monsieur Loulou!«

Sie konnte »Monsieur Harteloup« nicht aussprechen und hatte statt dessen einen Namen für ihn erfunden. Yves nahm sie auf seine Knie und summte den Refrain des englischen Liedes für sie; dann fragte er mit tonloser Stimme, die ihm selbst sonderbar vorkam:

»Sag mal, Fanchon, ist deine Mama krank?«

»Nein«, sagte Francette und bewegte den Kopf langsam

von rechts nach links und von links nach rechts, wie eine Marionette. »Nein.«

»Wo ist sie?«

»Sie ist weggefahren.«

»Für lange?«

»Hm, ich weiß nicht.«

»Doch, das weißt du, denk nur mal nach«, sagte Yves mit sanftem Drängen. »Deine Mama hat es dir doch sicher gesagt, bevor sie weggefahren ist... Als sie dich heute morgen umarmt hat, hat sie da nicht gesagt: ›Leb wohl, meine Kleine, sei schön brav, ich komme bald wieder, bald... morgen schon... oder übermorgen‹?... Hat sie das nicht gesagt?«

»Nein«, sagte Francette, »sie hat nichts gesagt.«

Nach kurzem Nachdenken fügte sie hinzu:

»Verstehst du, ich hab' ja noch geschlafen, als sie heute morgen weggegangen ist, aber sie hat mich trotzdem umarmt, hat die Miss gesagt.«

Yves war versucht, das Kindermädchen zu befragen, aber er wagte es nicht, weil er fürchtete, Verdacht zu erregen – völlig grundlos, lieber Himmel! So stellte er das kleine Mädchen wieder auf den Boden und verließ die Terrasse.

Weggefahren, aber wohin? Und für wie lange? Das war das Merkwürdigste daran: Er wußte genau, daß Denise' Abwesenheit nicht von langer Dauer sein konnte, denn Francette war in Hendaye geblieben. War Denise vielleicht nach Biarritz gefahren, um Einkäufe zu machen? Aber mit wem würde sie dort zu Mittag essen? Mit Freunden? Welchen Freunden? Zum ersten Mal irrten seine Gedanken verzweifelt an den Grenzen jener unbekannten Region entlang, die Denise – wie jeden Menschen – umgab; bis jetzt hatte ihn dieses Geheimnis immer kaltgelassen. Vielleicht traf sie sich mit jemandem zu einem lauschigen Mittagessen zu zweit? Er stellte sich nacheinander alle Restaurants von Biarritz vor, die er kannte, von den teuersten bis zu den unscheinbarsten, irgendwo auf dem Land. Blinde Wut erfaßte ihn, und er mußte seine ganze Willenskraft aufbringen, um sich zu beruhigen; dann saß er beschämt, wie betäubt und am ganzen Körper zitternd auf seinem Bett.

Schließlich stand er auf und ging ziellos in Richtung Strand. Vielleicht hatten Freunde sie zu einem Ausflug abgeholt? Ach, ganz einfach, Freunde – oder vielleicht Verwandte… Sie hatte am Vortag nicht davon gesprochen, aber sie wechselten ja gewöhnlich kaum ein Wort miteinander… Ja, so mußte es sein… Ein Ausflug… Ausflüge dauern mitunter lange, zwei, drei Tage… Und wenn sie nach Spanien gefahren waren oder nach Lourdes, würde sie eine ganze Woche nicht nach Hendaye zurückkehren… zu ihm zurückkehren… Acht Tage, acht Vormittage, acht lange Abende… Das ist nicht wenig, es ist fürchterlich… Vielleicht hat ihr Mann sie ganz plötzlich zu sich nach London bestellt?… Ein Unfall, eine Krankheit, wer weiß?… Sie wird nicht wiederkommen… Das Kindermädchen wird Francette nach England bringen… Panische Angst erfaßte ihn, als hätte man ihm die Nachricht von Denise' Tod überbracht. Er warf sich zu Boden. Die Sonne war sehr heiß, er grub mit den Händen im Sand, um tief im Boden auf die Feuchtigkeit des Meerwassers zu stoßen; dann ließ ihn die unvermittelt aufsteigende kühle Luft schaudern, und er stand auf.

Im nächsten Moment wurde er zornig, begann sich selbst zu beschimpfen: ›Sie ist fort … na und? … Ich liebe sie doch nicht? Ich liebe sie nicht? Was wäre denn dabei? … Es ist mir doch egal … Ich bin ein Idiot, ein kompletter Idiot …‹

Nach diesen verworrenen Gedanken sagte er sich mit bebenden Lippen immer wieder: ›Sie ist fort … das ist es … sie ist fort …‹

Er ging ins Hotel zurück und legte sich hin; lange blieb er reglos liegen, den Kopf gegen die Wand gedreht, wie als kleiner Junge, wenn er unglücklich war.

Um fünf Uhr verließ er sein Zimmer, wanderte auf der Terrasse umher, durchmaß mehrmals den Garten; schließlich wurde er es leid und ging ins Kasino, obwohl er wußte, daß sich Denise nur selten dort aufhielt. Junge Leute, junge Mädchen ohne Hüte tanzten auf einer Bühne, die auf Pfählen im Wasser stand. Die ewige Bewegung des Meeres um die Pfeiler und das im Wind flatternde Zeltdach beschworen die Vorstellung eines im Hafen vertäuten Bootes herauf, mit seinem lauten Knarren und dem Salzgeruch. Yves glaubte, daß ihm das alles gefallen könnte, bestellte einen Cocktail, ließ dann aber das halbvolle Glas stehen und ging.

Im Licht der Abendsonne war das Meer farblos geworden; kleine rosafarbene Wölkchen sammelten sich am Horizont. Yves lauschte dem Meer; sein Rauschen hatte ihn immer getröstet, und auch an diesem Abend wollte er seinen erschöpften Körper dem Wasser anvertrauen.

Er zog sich langsam aus und ging nur mit der Badehose bekleidet in Richtung Fluß. Der Damm war auf den ersten Metern sorgfältig instand gehalten, weiter unten von leichtem Sand bedeckt; es gab kein Geländer mehr; vereinzelt wuchsen stachelige Sträucher zwischen den Steinen. Dann endete der Bau abrupt. Yves kletterte rutschend zum Strand hinunter; wie ein schmaler Bogen grenzte er ans Wasser; linker Hand war der Golf, rechts das offene Meer, dazwischen, als Verbindung, die Bidassoa, still, fast glanz- und farblos, wie ein kaum belebter Widerschein des blassen Himmels. Dem Strand gegenüber lag Spanien.

Yves setzte sich, zog die Knie an und legte das Kinn auf die geschlossenen Hände. Die Einsamkeit war absolut. Sonderbar … Das laute Rauschen der Wellen störte die herrliche Stille des Abends nicht. Ein Fischerkahn glitt geräuschlos über den Fluß, von einem Ufer zum anderen, von Frankreich nach Spanien; goldenes Licht, feiner, kostbarer als das Mittagslicht, umflutete die Gipfel der Berge, während die Täler sich schon mit Schatten füllten. Yves spürte, daß sein Zorn sich plötzlich legte, und eine unerklärliche Traurigkeit durchströmte ihn.

Schnell brach die Nacht herein; im Abendlicht, in der Einsamkeit zog sich das Meer in seiner urwüchsigen Majestät wieder in die Ferne zurück. Yves fühlte sich sehr klein, verloren in der unermeßlichen Weite der alten Erde. Er dachte an sich selbst, an sein verfehltes Leben. Er war allein, er war arm, er fühlte sich erbärmlich. Von nun an würde es keine Freude mehr für ihn geben. Niemand brauchte ihn. Das Leben war schwer, schwer … Er hatte Lust zu weinen; in einer letzten verzweifelten Anstrengung, seine männliche Würde zu bewahren, versuchte er die Tränen zurückzuhalten, doch sie machten ihm das Herz noch schwerer, sie stiegen in ihm auf und füllten seine Kehle, so daß er glaubte, an ihnen ersticken zu müssen.

Die Dämmerung umhüllte bläulich und rosig das ganze Land, und es wurde unmerklich dunkler. Glocken läuteten. Gegenüber sah man Fontarrabie, dessen Lichter immer heller wurden; Fenster zeichneten sich ab, erleuchtete Straßenbahnen, die Verläufe von Straßen; nur der stämmige viereckige Turm der alten Kirche blieb finster. Die Glocken läuteten langsam, als wären sie ermattet, entmutigt, traurig. Und in den Bergen erglänzten nach und nach die Lichter der Höfe, wie Sterne. Es war Nacht.

Um Yves erwachte ein geheimnisvolles Leben und Treiben, flüsternde Laute waren zu hören, Raunen, das Gewimmel lebendiger Wesen, unsichtbarer Insekten, die den Sand bewohnen und die man erst abends hört. Yves lauschte, zitternd vor einer ihm unerklärlichen Furcht. Und dann löste sich sein allzu großer Kummer plötzlich, und die Tränen brachen sich Bahn. Er legte den Kopf in die Hände und weinte – zum erstenmal seit langer Zeit –, weinte wie ein Kind, weinte über sich selbst.

»Sind Sie es?« fragte eine bekannte Stimme, ein wenig zögernd. »Sie werden sich erkälten, es ist schon spät ...«

Yves hob den Kopf, öffnete weit die Augen. Da stand Denise; ihr Kleid war ein weißer Fleck in der Dunkelheit. Mit leiser Stimme fuhr sie fort:

»Ich muß mit Ihnen schimpfen ... Sie sind genauso unvernünftig wie meine Tochter ... Geht man zu dieser Stunde etwa noch schwimmen?«

»Ist es schon so spät?« stammelte Yves.

Er war automatisch auf die Beine gekommen.

»Schon neun Uhr vorbei.«

»Wirklich? … Ich … das habe ich nicht gewußt … Nein, tatsächlich, ich hatte es vergessen …«

»Mein Gott«, sagte sie, »was haben Sie, mein Freund?«

Sie blickte forschend in sein Gesicht, aber es war zu dunkel. Und doch hatte sie diese tränenerstickte Stimme gehört, hatte das zurückgehaltene Schluchzen wahrgenommen … Instinktiv streckten sich ihre zarten, mütterlichen Hände nach ihm aus, die so gut zu trösten, zu beruhigen vermochten. Er stand aufrecht vor ihr, noch immer zitternd, und senkte den Kopf; er weinte leise, doch ohne sich dafür zu schämen, und es schien ihm, als flössen Gift und Blut einer sehr alten Verletzung aus ihm heraus; mit eigenartiger Lust nahm er den vergessenen Geschmack von Salz und Wasser auf seinen Lippen wahr.

Wieder murmelte sie mit zugeschnürter Kehle:

»Was ist los? Was ist nur mit Ihnen los?«

»Nichts«, sagte er, »nichts.«

Unvermittelt kam ihr der Gedanke, daß sie ihn in irgendeinem einsamen Kummer aufgestört haben könnte. Sie wandte sich ab, um zu gehen; da war er plötzlich neben ihr; auf ihrem nackten Arm spürte sie seine heiße Hand.

»Gehen Sie nicht, gehen Sie nicht«, stammelte er, ohne recht zu wissen, was er sagte, »ich bitte Sie …«

Dann rief er auf einmal fast zornig:

»Wo waren Sie denn den ganzen Tag?«

Kleinlaut erwiderte sie:

»In Biarritz.«

Und mit einer merkwürdig tiefen, intuitiven Einsicht in das, was er gelitten haben mußte, fügte sie hinzu:

»Dort verbringt meine Mutter ihre Sommerferien...«

Ein kurzes Schweigen folgte. Im ungewissen Licht der Sterne konnte sie sein gequältes Gesicht erkennen, seinen gefährlichen und zärtlichen Mund, seine bittenden Augen.

Plötzlich legte sie die Arme um seinen Hals. Sie küßten sich nicht; sie blieben stehen, einer an den anderen gepreßt, erschüttert, mit pochenden Herzen, erfüllt von wohliger Schwermut.

In einer unwillkürlichen, zeitlosen Geste vergrub er seinen Kopf an ihrer Schulter, und sie streichelte schweigend seine Stirn und hatte auf einmal Lust zu weinen.

Nah bei ihnen brandete das Meer mit seinen freien und wilden Wellen an den Strand; von Spanien her wehte der Wind leise Musik zu ihnen herüber; die alte Erde bebte, beseelt von der verwirrenden, geheimnisvollen Nacht.

Langsam, zögernd lösten sie ihre Umarmung. Er stand halbnackt vor ihr, in der Badehose; im vagen Licht erfaßte ihr Blick nur den Umriß seines hochgewachsenen männlichen Körpers. Sie hatte ihn schon hundertmal so gesehen; doch erst an diesem Abend wurde sie sich – wie einst Eva – darüber klar, daß er nackt war. Sie schämte sich und hatte Angst wie ein junges Mädchen, stieß ihn leicht zurück, kletterte den Damm hinauf und verschwand in der Nacht.

Er wagte es nicht, so spärlich bekleidet ins Hotel zurückzukehren; da erinnerte er sich daran, daß er als Kind oft am Strand geschlafen hatte. Er wickelte sich in sein Handtuch, schmiegte sich in eine Sandkuhle und fiel in einen leichten, fiebrigen Schlaf, unterbrochen von Träumen voller Gesang und den Gerüchen des Meeres.

7

Wie jeden Abend trat Denise an Francettes Bettchen. Mit dem Daumen im Mund reiste das Kind im Reich des Sandmännchens umher; an seinem kleinen Hals war im weichen Schatten eine rosarote Falte zu erkennen, die wie eine Halskette wirkte; das Mädchen ähnelte einem zarten, warmen Vögelchen, das, den Kopf in die Federn gesteckt, friedlich schlummert.

Denise beugte sich über sie, um sie zu betrachten. Immer wieder erinnerte sie sich mit verblüffender Deutlichkeit an die Zeit, als sie selbst in kleinen Betten wie diesem geschlafen hatte. Doch nun staunte sie zum erstenmal über den Weg, den sie seitdem zurückgelegt hatte; er war ihr kurz vorgekommen aufgrund seiner Eintönigkeit, seiner angenehmen Leichtheit. Und doch stand sie bereits im Sommer ihres Lebens ... Sie legte ihren Kopf mit den kurzen Locken neben Francettes zerzausten Schopf auf das Kissen, schloß die Augen und ließ die Erinnerungen in sich aufsteigen ... Die Kindheit – all diese hellen Tage, glückliche Ferien und die kleinen kindlichen Kümmernisse, deren Andenken mit den Jahren, Gott weiß warum, teurer wird als das der Freuden ... Die Jugend, verdüstert und geadelt durch den Schatten des Weltkriegs ... Die Verlobung ... Die Heirat, eine echte französische Heirat aus Neigung und Vernunft, und die Mutterschaft – ein schönes und gutes Leben, in dem alles in bester Ordnung war ... Und doch fühlte sie sich an diesem Abend unbefriedigt, enttäuscht, und ihr armes Herz war so unruhig ...

Sie richtete sich auf, ging ans Fenster, trat auf den schmalen, mit Blumen bepflanzten Holzbalkon hinaus; sie verströmten einen angenehm frischen, bitteren Duft. Die Sommernacht war von einem sanften Leuchten erfüllt ... Dort unten lag der kleine verlassene Strand, gegen den das Meer anbrandete, dort hatte Yves auf sie gewartet, hatte mit ihr gesprochen ... Diese kurze, köstliche Stunde hatte so sehr einem Traum geglichen, daß sie sich fragte, ob sie sie wirklich erlebt hatte; es gelang ihr nicht, den eigenartigen Eindruck von Unwirklichkeit zum Verschwinden zu bringen. Und dann veränderte sich etwas, ganz allmählich ... Während sie dort in der Dunkelheit stand, von den Düften der Nacht umweht, verblaßte die Gegenwart, indessen sich die Erinnerung verstärkte und wie eine Flutwelle in ihrem Herzen, ihrem Körper aufstieg. Mechanisch streckte sie die Hände aus, wie um die Konturen des umarmten Körpers, des liebkosten Gesichts nachzuziehen; im leeren Raum schienen sie seine Formen zu modellieren, tastend, doch auch sicher, wie die Hände eines blinden Künstlers. Und ganz plötzlich fuhr sie zusammen, denn es kam ihr so vor, als könnte sie jenen schwellenden und sensiblen Mund wirklich unter ihren Fingern spüren. Sie mußte die Zähne zusammenbeißen – was sie fühlte, war fast panikartiges Erschrecken, es war gleichzeitig so herrlich und so schrecklich, daß sie, als würde sie einen Vorübergehenden mit seinem Namen ansprechen, mit leiser Stimme sagte:

»Ist das die Liebe?«

Später, als Denise im angrenzenden Zimmer in dem Bett lag, in dem ihr Ehemann geschlafen hatte; als sie unter der Decke unwillkürlich nach der vertrauten Form seines ausgestreckten Körpers suchte, erinnerte sie sich an ihn, an ihren liebevollen Gefährten. Sie empfand ein so großes Mitgefühl, daß ihr die Tränen unter den Lidern hervorschossen; sie mochte ihn so gern; doch wenn er da war, langweilte sie sich und dachte am liebsten an andere Dinge, aber sie versuchte mit allen Mitteln, ihm das Leben angenehm zu machen und seine Liebe mit sanften Gesten und innigem Verständnis zu erwidern. Sie hatte ihn hintergangen, das war es letzten Endes. Sie versuchte nicht, Ausreden dafür zu finden. Sie wußte sehr wohl, daß sie ihn betrogen hatte. Die Liebe … nur ein kurzes Abenteuer, in dem sie ihr Herz verlieren würde, während der Mann seine Eitelkeit befriedigte oder sein Verlangen. Die schlichte Poesie einer sommerlichen Affäre interessierte sie nicht. Sie wußte sehr wohl … Wie alle Männer würde er ihr vierundzwanzig Stunden am Tag den Hof machen, und dann würde er nachts an ihre Tür klopfen, und so würde es drei Wochen lang gehen oder etwas länger, bis sie sich trennen würden wie Fremde. Das wollte sie nicht. Sie stellte es sich vor, den Morgen danach, den Ausdruck in Yves' Augen, diesen lastenden Blick, der ihr schon mehr als einmal aufgefallen war in den Augen von Männern, denen sie gefallen hatte; bis jetzt hatte sie nur darüber gelacht … Aber jetzt … Sie fing an zu weinen, ihr Herz war voll zärtlicher Rührung, voll Mitgefühl mit sich selbst und ihrem Mann, der allein in der Fremde weilte, vielleicht krank geworden war, vor allem aber Mitgefühl mit

Yves, mit dem Leiden, das ihm seine enttäuschte Liebe bereiten würde.

Sie nahm sich vor, ihm am nächsten Morgen, wenn sie ihn sah, kalt und distanziert zu begegnen. Doch er spielte den ganzen Vormittag mit Francette im Sand; kaum hob er einmal den Blick, wenn er mit ihr sprach; er schien noch verlegener zu sein als sie selbst, das entwaffnete sie, und abends, als er ihr einen Spaziergang vor dem Essen vorschlug, nahm sie sein Angebot zwar mit klopfendem Herzen an, sagte sich jedoch, daß sie auf die nun zweifellos zu erwartenden schwärmerischen Liebesworte mit keiner Silbe eingehen werde. Diese Worte blieben aber aus. Die Sonne ging unter. Am Horizont ballten sich dunkle, zerzauste Gewitterwolken zusammen. Es war Flut; die Wellen warfen sich gegen den Deich und rollten weiß und grau zurück, und über ihnen kreisten die Vögel mit ihren klagenden Schreien. Er sprach mit ihr wie immer, redete über Dinge ohne Belang; sie saßen auf der Brüstung; rasch zog die Nacht herein; große Regentropfen fielen, vereinzelt zunächst, dann immer mehr. Er gab ihr seinen Arm, als sie zusammen zum Haus zurückliefen; einen Augenblick lang schien es ihr, als zitterte er ein wenig, doch er beruhigte sich schnell wieder. Der Regen prasselte nun in wütenden Schauern vom Himmel; heftiger Wind hatte sich erhoben, der die Tamarisken bog und Blüten abriß; Yves legte seinen Mantel um Denise' Schultern; sie liefen, so schnell sie konnten, und wurden trotzdem naß. Er drückte sie an sich; sie spürte an ihrer Taille den harten Griff seiner Hände, doch er schwieg hartnäckig, biß sich auf die Lippen, sah sie kaum an, während sie heimlich ihren ergebenen und furchtsamen Blick auf ihn richtete.

8

Die Tage gingen vorüber, und er sagte ihr nichts; er versuchte nicht, sie zu küssen; er erlaubte sich nicht einmal, ihre kühlen, zitternden Hände länger in den seinen zu halten als unbedingt notwendig. Er war überglücklich; mit einer Art abergläubischer Furchtsamkeit schreckte er vor den Worten zurück wie vor einem Fluch. Er genoß diesen Augenblick seines Lebens wie eine besondere Süßigkeit, ein schönes, unerwartetes Geschenk des Schicksals – Erholung, Müßiggang, das Meer und diese bezaubernde Frau. Für den Moment war ihm ihre bloße Anwesenheit unentbehrlich; seine lange Keuschheit belastete ihn nicht, sondern war ihm kostbar, als hätte er damit das Aroma der Kindheit wiedergefunden; sein Verlangen nach ihr war ein weiterer exquisiter Reiz, den man gern verlängert, wie man im Sommer, wenn man Durst hat, Freude daran hat, das Glas mit dem frischen, eiskalten, perlenden Wasser an die Lippen zu halten, ohne zu trinken. Er war erfahren genug, um die Bedeutung seiner inneren Unruhe zu erkennen; egoistisch und eifersüchtig kultivierte er sie wie eine seltene Blume. Es war sonderbar, doch er war sich dieser Frau absolut sicher … Die Blicke der Männer, vormittags am Strand oder am Abend, wenn sie im Speisesaal des Hotels erschien, mit tief dekolletiertem Kleid, Diamanten um den Hals – diese Blicke der anderen ließen ihn völlig kalt. Er war sich ihrer sicher; er ahnte, daß sie schon erobert war, daß seine vorgebliche Gleichgültigkeit sie beruhigte, und doch war sie durch all das, was zwischen ihnen unausgesprochen blieb, fester mit ihm verbunden als durch die glühendsten Liebesschwüre. Er wartete – ohne Berechnung, mit einer Art Trägheit, die ihm angeboren war und ihm in diesem Fall besser diente als Taten und Worte.

Indessen ging der Sommer langsam zu Ende; das Wetter wurde schlechter; eine Ferienvilla nach der anderen wurde verschlossen; morgens lag der Strand wie ausgestorben unter einem weißlichen Himmel, an dem immer wieder Wolken aufzogen. Spaziergänge lösten die langen Ruhestunden auf dem heißen Sand ab. Denise wanderte mit Yves in der Umgebung des Hotels umher, auf kleinen krummen Pfaden an den Hängen der baskischen Pyrenäen; die Wälder waren schon herbstlich goldgelb gefärbt, und in den stillen Dörfern zog der Abend früher ein als anderswo, weil die hohen Berge das Tal mit ihren tiefen Schatten füllten, sobald die Sonne hinter ihnen verschwunden war. Eines Tages sammelte Yves, glücklich wie ein Knabe, in einem Wäldchen am Ufer der Nivelle Brombeeren, während Denise ihre Hände und Arme ins Wasser tauchte; beide hatten die ganze Zeit das wunderbare Gefühl, sich zu verjüngen, zurückzukehren zu einer lange vergessenen Unschuld.

Gegen Ende September gab es immer noch schöne Tage. Yves schlug vor, sich zusammen die Prozession von Fontarrabie anzusehen, eine ehrwürdige Zeremonie, von Franzosen ebenso geschätzt wie von Spaniern. In der kleinen Stadt wurde Salut geschossen, Kanonen und Gewehre wurden abgefeuert; Staub wirbelte auf, es gab Lärm und Musik; Gruppen von Jugendlichen, die Baskenmütze schief auf dem Kopf, füllten die engen Sträßchen; sie hielten einander um die Taillen gefaßt und sangen und schrien lauthals; von überall her galoppierten Reiter herbei; Lärm und Pulvergeruch erschreckten die Pferde, so daß sie erregt wieherten; von Maultieren gezogene Wagen, mit Troddeln und Glöckchen geschmückt, ließen das Straßenpflaster erbeben; die Tiere bäumten sich auf und brachten ihr Gefährt in Gefahr, wenn riesige Autos sich an ihnen vorbeischoben; ganz Biarritz, ganz San Sebastian und die ganze Provinz zwischen Irun und Pamplona war zugegen. Schmutzige Kinder stritten sich, und man hörte ihre lauten Flüche in einem kaum verständlichen Gemisch aus Baskisch und Kastilisch; schöne Mädchen spazierten vorüber, das bestickte Tuch auf den Schultern; viele von ihnen trugen stolz einen dicken, blumengeschmückten Haarknoten mit Kamm zur Schau; einige alte Frauen trugen noch immer die schwarze Mantilla; und das Ganze lachte, schrie, sang, stritt, wogte im Freien um den Brunnen und die Jahrmarktsbuden herum, wo Händler Limonade und Sirup feilboten und Orangen und kleine runde Kuchen, Knarren, Luftballons und Fächer verkauften. Die Menschenmenge verstopfte alle Gassen. Denise machte es Spaß, die Auslagen der Geschäfte zu betrachten, mit ihren Rosenkränzen, Kruzifixen und geweihten Medaillons. Die alten Häuser mit den vorspringenden Dächern überwölbten die Straßen; die Balkone waren mit Schals, bestickten Decken und Spitzentüchern geschmückt. Alle Glocken der uralten schwarz-goldenen Kirche ließen ihr brausendes Geläut hören. Yves saß mit Denise auf der Terrasse eines kleinen Cafés. Er hatte sie zu einer Tasse

Schokolade eingeladen, die mit Zimt und Sherry verfeinert war; die Schokolade war zu dickflüssig und zu süß, sie schmeckte ihr nicht, aber sie trank zwei oder drei kleine Gläser des ausgezeichneten Sherrys; ihre Wangen glühten, ihre Augen glänzten; sie legte ihren Hut ab, ließ die Sonne ihr Haar durchdringen, das sich leicht anfühlte und bläulich aussah wie Rauchringe. Sie lehnten sich über das Geländer, um die Prozession vorbeiziehen zu sehen; es war ein unendlich langer Zug mit Fahnen, alten, rostigen Kanonen, betrunkenen Männern, die mit zitternden Händen ihre Gewehre umklammerten. Am Ende tauchten Priester in reichbestickten Meßgewändern auf, die ein großes Bild der Jungfrau Maria trugen, umgeben von brennenden Kerzen; beim Anblick des Bildes fiel die Menge auf die Knie, und in der unvermittelten Stille hörte man nur das irrwitzige Läuten der Glocken, unter dem die uralten schwarzen Mauern zu erbeben schienen.

Dann schlug die Prozession den Weg zur Kirche ein; nach und nach leerte sich der Platz, und bald blieben auf der Terrasse nur Denise und Yves und eine Gruppe Bauern übrig, die in einer Ecke saßen und tranken. Mit rosigem Leuchten hielt die Dämmerung Einzug, und die Berge mit ihrem kühlen Dunkel schienen näher heranzurücken. Denise schwieg. Sie war ein wenig betrunken und starrte unentwegt auf den Diamanten, der an ihrem Finger blitzte; leichter Abendwind erhob sich und ließ ihre Locken fliegen.

Plötzlich sagte sie:

»Mein Mann kommt in den nächsten Tagen zurück.«

Dann schwieg sie, beunruhigt und voller Scham über ihre Lüge errötete sie. Aber er sah es nicht.

Ängstlich fragte er:

»So bald?«

Sie machte eine vage Geste, die sie einer Antwort enthob. Mit tiefer Erregung sah sie, daß Yves' Lippen leicht bebten.

Er fragte leise:

»Er kommt, um Sie abzuholen?«

Und wie zu sich selbst sagte er:

»Die schönen Ferien sind vorbei … Ich hatte es ganz vergessen … Bald schon ist der 1. Oktober … Noch zwei Tage, und ich werde in Paris sein.«

»Zwei Tage!« rief sie.

Es war ihm, als würde sein Herz aufhören zu schlagen; sie aber machte sich Vorwürfe: Hatte sie denn seit einem Monat keinen Kalender mehr gesehen? Hatte sie nicht gemerkt, daß es Herbst wurde? Aber was ging sie das überhaupt an, was machte ihr das aus, daß dieser Fremde abreiste, dieser unbekannte Mann?

»Denise«, sagte er sanft.

Sie wagte nicht zu antworten. Er hatte ihre Hand genommen, die auf dem Tisch lag; er legte seine heiße Stirn darauf.

»Denise«, murmelte er erneut, nur dieses Wort.

Dann hörte sie seine belegte Stimme:

»Ich will Sie nicht verlassen. Ich kann nicht mehr leben ohne Sie.«

Und dann sagte sie, ohne daran zu denken, daß sie sich verteidigen, sich von ihm distanzieren mußte, während ihr unwillkürlich große Tränen über die Wangen rannen:

»Ich auch, ich kann nicht mehr leben ohne Sie.«

9

An diesem Abend wartete sie auf ihn. Sie hatte das Licht nicht eingeschaltet, saß auf ihrem Bett und hatte die gefalteten Hände zwischen die geschlossenen Knie geklemmt. Er hatte sie inständig gebeten, mit ihm essen zu gehen, in Fontarrabie oder in der näheren Umgebung, in einem der kleinen Landgasthöfe mit weiß gekalkten Mauern, die sich an die Berghänge schmiegen und nachts unnahbar erscheinen wie Schlupfwinkel von Banditen; dort bekommt man aber oft wunderbaren spanischen Wein, gute Trauben und blitzsaubere Zimmer, mit Betten, die Gazenetze vor Fliegen schützen, und sonnengewärmten Holzböden, auf denen man gern barfuß läuft. Wegen Francette hatte sie abgelehnt, und gleich darauf hatte er sie nach Hendaye zurückgebracht, ohne auch nur den Anflug von schlechter Laune erkennen zu lassen.

Ach! Die Rückkehr im Boot, auf der Bidassoa, die das Abendlicht mit rosafarbenen Reflexen überzog! … Der alte sonnengebräunte Schiffer mit dem goldenen Ring im linken Ohr gab vor, an seinem Ruder zu schlafen; der Wind roch nach Salz. Als sie in Hendaye ankamen, war es Nacht, und riesige Sterne funkelten am Himmel; sie hatten die Dunkelheit nicht kommen sehen, als sie sich, die Lippen verschmolzen, mit geschlossenen Augen aneinanderdrückten, während das Boot geräuschlos über das schwarze Wasser glitt …

Denise legte den Kopf in ihre zitternden Hände. Im angrenzenden Zimmer rief eine helle Stimme: »Maman!« Widerstrebend stand sie auf und ging zu ihrer Tochter hinüber. Francette schlief nicht; ihre Augen glänzten; sie streckte die Arme zu ihrer Mutter aus.

»Maman, hast du mir etwas mitgebracht?«

Ob sie von einem Ball oder einem Ausflug zurückkehrte, immer hatte Denise dem Kind irgendeine Kleinigkeit gekauft; heute aber hatte sie es vergessen. Nach einer verlegenen Pause faßte sie sich rasch.

»Natürlich«, sagte sie in festem Ton, »ich habe dir den Duft des Festes mitgebracht. Auf dem Weg hierher hätte ich ihn fast verloren, aber nein – er ist immer noch da. Riechst du ihn?«

Feierlich beugte sie sich zu ihrer Tochter hinunter und ließ sie an ihrer Wange riechen. Francette atmete ein paarmal tief ein, die ernste Miene ihrer Mutter hatte sie überzeugt.

»Das riecht sehr gut«, stellte sie fest.

Dann fragte sie:

»Maman, wenn ich groß bin, kann ich dann auch auf das Fest gehen?«

»Natürlich, mein Schatz.«

»Bin ich bald groß?«

»Sehr bald, wenn du artig bist.«

Denise berührte die kleine vertrauensvolle Hand, die ihren Finger umklammerte, zärtlich mit den Lippen. Sie war froh, daß sie angesichts dieser Unschuld, die mit so reinem Herzen einschlafen würde, weder Scham noch Bedauern empfand, wie sie befürchtet hatte. Gewiß, »sehr bald«

würde Francette groß sein. Auch sie würde dann nachts ihren Herrn erwarten.

Wenn sie einen Sohn gehabt hätte, wäre Denise vielleicht unruhiger und verwirrter gewesen. Doch angesichts dieser zukünftigen kleinen Frau, mit diesen Lippen, die einmal wohlriechend und verführerisch sein würden, mit diesem kleinen Körper, der sich schon auf die Liebe vorbereitete, gelang es ihr nicht, sich Klarheit zu verschaffen über das Ausmaß ihrer Verfehlung. Sie küßte das Kind, deckte es zu, zog ihm die Decke bis zum Kinn, und als sie das Zimmer verließ, zog sie behutsam die Tür hinter sich zu.

Wieder in ihrem Zimmer, setzte sie sich auf das aufgedeckte Bett und wartete mit gebeugtem Nacken und verkrampften Händen ergeben auf das gebieterische Klopfen des Mannes.

10

Am frühen Morgen hatte er sie verlassen. Denise schlief, den Kopf in der Armbeuge vergraben. Es war ihm tatsächlich so vorgekommen, als hätte er ein junges Mädchen in seinen Armen gehalten, so ungeschickt und unwissend war sie gewesen; das reizende Schauspiel, wie sie ihre Scham hatte überwinden müssen, als sie sich ihm hingab, hatte fast jungfräulich auf ihn gewirkt, und er hatte begriffen, daß sie trotz Heirat und Mutterschaft bis jetzt eigentlich noch keine Frau gewesen war.

Sie war gerade mit ihrer Toilette beschäftigt, etwas zu spät, als ein Telegramm unter ihrer Tür durchgeschoben wurde. Sie hob es auf, öffnete es und las:

Werde am 3. Oktober in Hendaye eintreffen.
Bin gesund. Kuß.

Jacques.

Sie senkte den Kopf, kurz – ganz kurz! – peinigten sie Gewissensbisse. Dann begann sie Überlegungen anzustellen, Daten abzugleichen ... Yves würde seine Abreise um zwei Tage verschieben. Sie würde ihren Mann dazu bringen, auf der Stelle mit ihr nach Paris zurückzufahren; es begann ja schon kühl zu werden, und Francette wurde der verlängerte Aufenthalt am Strand auch allmählich langweilig.

Spätestens am 4. oder 5. wäre sie in Paris. Ihr ganzes Leben würde sich ändern, welches Glück! Endlich Schluß mit den langen Tagen, an denen man mit Besuchen und Anproben die Zeit totschlägt, Schluß mit den endlosen Stunden der Untätigkeit und mit diesem Gefühl von Leere, von Langeweile, das ihr behagliches Frauenleben vergiftete. Man mußte jetzt eine kleine diskrete Wohnung ausfindig machen. Sie wußte, daß Yves allein lebte, aber es wäre doch viel amüsanter, zwei hübsche Zimmerchen zu haben, deren Einrichtungsgegenstände sie zusammen aussuchten, die sie mit Blumen füllen würde... Und die langen Spaziergänge durch Paris! Sie wußte, daß auch er die alten Straßen liebte, die alten Häuser, und sie stellte sich vor, wie schön es abends wäre, wenn in der Dämmerung die kleinen Laternen auf den auf der Seine vertäuten Kähnen angezündet würden und sie an den Quais entlangflanierten, wie sehr sie den Schatten, die Einsamkeit dort genießen würden. Gerührt rief sie sich gewisse kleine Bistros in der Nähe des stillen Flusses in Erinnerung, die ihr nach einem Besuch am linken Seineufer bei der Heimfahrt im Auto aufgefallen waren. Dort würde sie niemand entdecken; bei einem kleinen Händler an der Ecke würden sie heiße Maronen kaufen; sie würden in den Antiquitätenläden stöbern und dort für ihr, ja ihr gemeinsames Zuhause kleine lustige Souvenirs finden, kostspielige und bezaubernde Dinge, auch Bücher – sie liebten beide Bücher mit alten Einbänden und vergilbten, wurmstichigen Seiten. An anderen Tagen würde er sie aufs Land begleiten, in die silbrig schimmernden Wälder von Fontainebleau, und im Frühjahr würde sie es so einrichten, daß sie miteinander zu Abend essen konnten, in der Vorstadt, in einer Gartenlaube, an einem kleinen Teich, wo die Frösche quakten. Denn es war undenkbar für sie, daß ihre Liebe bis zum nächsten Frühjahr vorbei sein könnte; sie gehörte zu jenem Schlag Menschen, für die die Liebe nicht anders als ewig sein kann. In einer einzigen Aufwallung zärtlicher Gefühle hatte sie sich ihm ganz und gar hingegeben, und im Gegenzug erwartete sie nichts anderes, als daß er sich ihr auf dieselbe Weise schenkte; sie war erfüllt von einem naiven, maßlosen Vertrauen, wie ein Kind, das sie auch noch war. Sie zerknüllte die Nachricht ihres Mannes, warf sie auf den Tisch und fuhr fort, sich anzukleiden; ihr Herz war voller Zärtlichkeit, und sie war von der tiefen Überzeugung durchdrungen, etwas getan zu haben, was sie auf immer mit Yves verband, etwas, was nur mit der glühenden Ergebenheit einer Ehefrau zu vergleichen war.

Der Tag ging seltsam schnell vorüber; ein starker Wind wehte, und Regen und jähe Blitze ließen das Meer zuweilen hell leuchten wie eine riesige silberne Scheibe. Ohne sich um Schmutz und Schlamm der ländlichen Wege zu kümmern, machten Denise und Yves ihren letzten Spaziergang. Die Bäume, vom Sturm gebogen, verloren schon ihre Blätter; in dieser Gegend, in der das Wetter sich zu jeder Stunde mit unerhörter Schnelligkeit ändern kann, hatte eine einzige regnerische Nacht genügt, um die am Vortag noch sonnenüberflutete Landschaft in ein trübes Herbstpanorama zu verwandeln. Ochsengespanne zogen vorbei. Große Seevögel flogen in einer langen Reihe ins Landesinnere; hoch am Himmel, mit pfeifenden Schwingen. Yves und Denise gingen zum alten Hafen hinunter; die blaßroten Steinstufen dort, vom unaufhörlich anbrandenden Meer poliert, schimmerten wie kostbarer Marmor; die alten Mauern der Stadt, die Fischerboote, die Villa von Pierre Loti mit ihrem dichtbewachsenen Garten und den verblichenen grünen Fensterläden – all das verdoppelte sich in Form von beweglichen Reflexen im Wasser. Yves hielt Denise eng an sich gedrückt; sein Gesicht, das sonst so müde und immer ein wenig traurig ausgesehen hatte, schien sich durch den Ausdruck einer glühenden Zärtlichkeit verjüngt zu haben.

Denise bat ihn, noch zwei Tage mit ihr in Hendaye zu bleiben; ihre Stimme erklang auf einmal voller Gewißheit: sie war sich seiner Antwort sicher. Doch es kam anders. Yves, der plötzlich sorgenvoll wirkte, betrachtete sie erstaunt und sagte:

»Aber Denise, übermorgen ist der 1. Oktober… Am 1. Oktober endet mein Urlaub… Übermorgen muß ich in Paris sein…«

»Wartet jemand auf Sie?«

»Leider ja – mein Büro!«

»Ach, zwei Tage mehr oder weniger, was macht das schon aus?«

»Zwei Tage mehr oder weniger können mich meine Stelle kosten«, erklärte er ihr behutsam.

Darauf wußte sie nichts mehr zu erwidern. Sie hatte nie daran gedacht, ihn nach seiner Arbeit zu fragen. Ihr Mann hatte ihr gesagt, daß Yves reich sei; verschwommen hatte sie sich vorgestellt, daß er von irgendwelchen Geschäften lebte, wie Jacques und wie die meisten Männer seiner Welt, Geschäften, von denen Frauen wie sie nichts verstanden, es sei denn, man übersetzte sie ihr in Zahlen – sechsstellige Zahlen zumeist. Als verwöhntem Kind, einziger Tochter eines vermögenden Industriellen und Gattin eines Mannes, der viel Geld verdiente, waren ihr gewisse Seiten des materiellen Lebens notwendigerweise immer ein Rätsel geblieben. Sie begriff nun, daß Yves kaum mehr war als ein Angestellter, und die Vorstellung seiner Abhängigkeit, die mit seinen Büropflichten verbunden war, schockierte und enttäuschte sie. Er war also arm? Aber wie hatte er denn in Hendaye leben können, wo er mindestens hundert Francs am Tag ausgeben mußte? Sie verstand es nicht recht... Auch andere wären natürlich überrascht gewesen, wenn sie von dieser Lebensweise erfahren hätten, bei der man sich das Notwendige versagt, um sich das Überflüssige leisten zu können. Doch angesichts der unvermittelt hart gewordenen Miene ihres Geliebten wußte sie, daß sie jetzt nicht in ihn dringen durfte. Er saß auf den Stufen des Hafens. Sie begnügte sich damit, ihm die Hand auf die Stirn zu legen. Sanft zog sie den widerstrebenden Kopf an sich, und endlich gab er nach und lehnte ihn gegen ihre Hüfte; sie drückte ihn an sich.

»Yves!«

Dann murmelte sie:

»Du fährst, wann du willst... Wir haben morgen noch einen langen Tag vor uns, mein Liebster...«

»Er ist nicht mehr so lang, Denise... Ich fahre morgen früh um sieben Uhr.«

»Aber seien Sie doch nicht dumm«, sagte sie protestierend und mit einem kleinen Lachen. »Wozu so früh aufstehen, lieber Himmel, wenn es einen ausgezeichneten Zug um sieben Uhr abends gibt, der Sie übermorgen in Paris absetzen wird, pünktlich zu Bürobeginn?«

»Es ist ein Zug, der nur Schlafwagen hat, und ich reise zweiter Klasse … Im Urlaub habe ich gelebt wie ein Herr; jetzt muß ich ein bißchen sparen …«

Und etwas linkisch, doch auch stolz fügte er hinzu:

»Es ist nicht meine Schuld, Denise, wenn ich zu den neuen Armen gehöre … Sie dürfen mir nicht böse sein …«

»Aber nein, Yves …«, protestierte sie.

Dann sagte sie schüchtern:

»Es kommt mir vor, als wären Sie mir jetzt noch teurer, seit ich weiß, daß Sie nicht glücklich sind …«

Er lächelte:

»Ich bin sehr glücklich, Denise; aber nehmen Sie mir mein Glück nicht weg, meine Liebste, denn wenn Sie mich jetzt verlassen würden – ich glaube, ich könnte nie mehr allein leben wie vorher.«

Und er wiederholte mit diesem Lächeln, das so charakteristisch für ihn war und seine harten Züge weich werden ließ:

»Ich bin sehr glücklich.«

Lange heftete er seine Lippen auf die kleine Hand, die er in der seinen hielt.

»Wann werden Sie zurück sein, Denise?«

»Am 5. oder 6. …«

»So spät?«

»Wir werden im Auto zurückfahren«, erklärte sie, und plötzlich war es ihr fast peinlich, daß sie in Luxus und Reichtum lebte und einen schönen Hispano-Suiza zur Verfügung hatte, der sie nach Paris bringen würde, während

Yves sich in einem Waggon der zweiten Klasse durchschütteln lassen mußte.

Doch er sagte nur:

»Es ist eine schöne Fahrt ... Früher bin ich diese Strecke oft gefahren ... Aber die Straßen sind schlecht, vor allem bis Bordeaux ... Sie müssen sich in acht nehmen ... Fahren Sie nicht zu schnell ... Ich werde mir schreckliche Sorgen machen ...«

11

In Paris fielen gelbe Blätter von den Bäumen und vermoderten im feuchten Schmutz der Straßen. Alles war in Bewegung, überall war Lärm: Wie jeden Herbst sorgte der Salon de l'Automobile dafür, daß die Menschen aus der Provinz scharenweise in die Hauptstadt strömten.

Jedes Jahr aufs neue entdeckte Denise als die echte Pariserin, die sie war, mit einem eigenartig tiefgehenden Gefühl von Zärtlichkeit den leichten Nebel wieder, den Geruch von Elektrizität und Benzin, den dunstigen, vornehm grauen Himmel über den hohen Häusern, den Trubel der Straßen und abends den Wirbel der Lichter, die sich von den Champs-Élysées bis zur Place de l'Étoile zogen. Gewöhnlich brach sie kurz nach ihrer Ankunft, nachdem sie ihr Bad genommen und den Dienstboten ihre Instruktionen gegeben hatte, zu einem langen Spaziergang auf. Mit gerötetem Gesicht kehrte sie zurück, in den Armen einen neuen Vorrat an Blumen, Chrysanthemen und Dahlien in kräftigen Farben, die nach Erde und Pilzen rochen. Dann räumte sie die Wohnung auf, füllte alle Vasen mit Blumen, nahm jede Nippfigur in die Hand und stellte sie vielleicht an einen anderen Platz, rückte Bilder gerade und Kissen zurecht, bis es ihr gelungen war, der Wohnung, die in den drei Monaten ihrer Abwesenheit unpersönlich und kalt geworden war, ihre gewohnte Wärme, ihren vertrauten Zauber zurückzugeben.

In diesem Jahr war ihr Vergnügen beim Wiedersehen der Stadt fast wollüstig scharf und schmerzhaft. Sie hatte einen leisen Freudenschrei ausgestoßen, als sie Neuilly vor sich auftauchen sah, und als der Arc de Triomphe am Horizont erschien, füllten sich ihre Augen mit Tränen. Doch zu Hause interessierte sie sich kaum für ihre Wohnung. Sie badete, zog ein bequemes Kleid an, wies die Stadtkleider zurück, die ihr das Mädchen brachte, und ging in den kleinen Salon, wo sie, den Blick fest auf die Wanduhr gerichtet, darauf wartete, daß Jessaint das Haus verließ. Was bald darauf geschah. Dann ließ sie sich das Telefon bringen, schloß sorgfältig die Tür und verlangte mit zitternder Stimme die Nummer von Yves' Büro.

»Hallo?« ertönte eine müde Stimme.

»Guten Tag, Yves; ich bin's, Denise ...«

Eine kleine Pause, dann die gleiche Stimme, kaum verändert:

»Sie, liebe Freundin ... Hatten Sie eine gute Reise?«

Sie spürte die Gegenwart eines Fremden in seiner Nähe und beeilte sich, einige banale Sätze zu sagen. Dann fragte sie ängstlich:

»Ich werde Sie doch heute noch sehen?«

»Selbstverständlich, mit dem größten Vergnügen ... Um halb sieben Uhr bin ich frei.«

»Geht es nicht früher?«

»Das ist leider unmöglich.«

Sie wußte, daß er nichts anderes sagen konnte: Er war nicht allein; sie hörte das entfernte Gemurmel einer Unterhaltung; und doch ließ Yves' Kälte sie erschauern, verletzte sie.

»Dann also um halb sieben«, stimmte sie zu. »Sollen wir uns in der Nähe Ihres Büros treffen?«

»Ja.«

Mit leiser Stimme fügte er rasch hinzu:

»Square de l'Opéra. Da ist eine kleine Bar, wo nicht viel los ist, dort kommt kaum jemand vorbei. Der Portwein dort ist ausgezeichnet. Es liegt meinem Büro direkt gegenüber. Sind Sie einverstanden?«

»Ja, sehr gern.«

»Gut, dann also bis später.«

Sie hörte den kurzen Klingelton, der ihr Gespräch beendete, und legte den Hörer langsam wieder auf die Gabel. Das Herz war ihr plötzlich schwer geworden, ein Gefühl von Enttäuschung und unerklärliche Beunruhigung überkamen sie. Liebte er sie? Ihre Hoffnung war so stark, daß sie sie für Gewißheit halten wollte. Und zudem liebte sie ihn ja so sehr, ach! …

Es war vier Uhr. Sie begann, sich anzuziehen, langsam, gewissenhaft, und allein schon die Art, wie sie ihr Gesicht und ihren Körper unendlich lange prüfend im Spiegel betrachtete, verriet, wie sehr sie liebte. Dennoch war sie zu früh fertig. Sie nahm ein Buch, blätterte die Seiten durch, ohne zu lesen, und legte es wieder weg; dann begann sie erneut, ihre rebellischen Locken zu glätten, und entschied sich für einen anderen Hut. Schließlich, um Punkt sechs Uhr, verließ sie das Haus.

Als sie am Ort des Rendezvous ankam, zeigte die Uhr kurz nach halb sieben – die Straßen waren verstopft gewesen. Doch Yves war noch nicht da. Sie setzte sich an einen kleinen, versteckten Tisch in einer Ecke. Es war eine winzige, sehr saubere englische Bar, in der eine ehrsame, ernste Atmosphäre herrschte; sie war fast menschenleer; nur an einem Nachbartisch saß ein Pärchen, die beiden sahen sich schweigend an und rauchten.

Denise bestellte einen Portwein und wartete. Sie schämte sich ein wenig, war nervös; als der Barmann ihr einige Illustrierte brachte, errötete sie zornig; er hatte ihr einige diskrete Blicke zugeworfen, und ein blasierter und mitleidiger Ausdruck hatte auf seinem Gesicht gelegen, als würde er denken: ›Noch so eine.‹

Schließlich erschien Yves. Ihr Herz klopfte zum Zerspringen. Leise und tonlos sagte sie:

»Wie geht es Ihnen?«

»Denise«, sagte er einfach. Doch er kam ihr verändert vor; überschwenglich küßte er ihr die Hand. »Da sind Sie endlich.«

Sie lächelte.

»Freut Sie das? Sie schienen so kalt zu sein, vorhin am Telefon.«

»Haben Sie denn nicht verstanden«, sagte er überrascht, »daß ich nicht allein war?«

»Doch, aber ...«

Er setzte sich und begann sie auszufragen – über ihre Reise, ihre Gesundheit, mit einem Ausdruck von Zärtlichkeit und Glück in den Augen. Sie aber betrachtete ihn mit heimlicher Traurigkeit; er schien müde zu sein, gealtert, hatte Schatten unter den Augen und einen bitteren Zug um den Mund; es fehlte ihm etwas Undefinierbares – jene Frische, jene Eleganz, die die Männer verlieren, sobald sie nicht mehr ständig auf sich achten; sie rief sich seine gepflegte Erscheinung in Hendaye in Erinnerung, er hatte ausgesehen wie ein junger Engländer, wenn er in den Speisesaal kam, frisch gebadet, rasiert und in einem gutsitzenden Smoking.

Unterdessen fragte er:

»Wollen Sie mit zu mir kommen?«

»Ich würde gern, aber ich muß um sieben Uhr zurück sein … Mein Mann ist um diese Zeit immer zu Hause …«

»Ach, dann nicht«, sagte er bedrückt.

»Kommen Sie immer erst so spät aus dem Büro, Yves?« fragte sie.

Er machte eine müde Handbewegung.

»Ich kann es manchmal einrichten … aber das ist schwierig …« Und mit einer etwas gezwungenen Heiterkeit setzte er hinzu:

»Aber morgen, Denise, morgen habe ich frei, den ganzen Tag … Es ist Samstag, Wochenende … Sie werden doch zu mir kommen, nicht, Liebste?«

»Wie können Sie das fragen? Natürlich …«

Es war fünf vor sieben. Yves bestellte ein Taxi. Im Auto zog er Denise in seine Arme, drückte sie leidenschaftlich an sich.

»Mein süßes kleines Mädchen …«

Sehr blaß, mit geschlossenen Augen genoß sie seine Umarmung. Er überschüttete ihre Wange, ihren Hals, die zarte Haut ihrer Handgelenke mit wütenden Küssen … Dann ließ er den Fahrer vor einem Blumengeschäft anhalten und stieg aus; sie wartete einen Moment. Er kam mit einer einzelnen Orchidee zurück, in Seidenpapier eingeschlagen wie ein Schmuckstück, ein kostbares Wunder mit gelappten Blütenblättern und samtweichem dunkelrotfeurigem Innerem.

»Oh, wie schön sie ist!« rief Denise hingerissen.

»Gefällt sie Ihnen wirklich?« fragte Yves. »Ich mag diese Blumen, aber noch mehr liebe ich Rosen. Es gab nur gerade keine mehr. Da habe ich diese hier genommen. Manche Frauen sind wie Orchideen, nicht?« fügte er lächelnd hinzu. »Wenigstens scheinen sie das selbst zu glauben. Sie nicht, gottlob. Sie sind so natürlich und so einfach. Sie sind wie eine Rose, Denise, wie eine wunderschöne Rose aus einem Garten in England, mit zarten fleischfarbenen Blütenblättern und einem dunkleren Herzen, ja, und Sie duften auch wie eine Rose, meine Liebste.«

Denise hatte den Kopf an Yves' Schulter gelegt und hörte ihn reden. Sie war wie berauscht, hielt die Augen geschlossen und gab sich seinen Worten hin wie ein Kind, dem man ein Märchen erzählt. Dann schwieg er und begann, sie ganz leicht zu wiegen. Da sagte sie leise, mit weit geöffnetem Herzen, strahlend: »Ich liebe dich.« Sie wartete mit dem wachsamen Instinkt einer Frau auf das Echo, das ewige »Ich liebe dich«, eher geahnt als wirklich gehört. Doch er sagte nichts. Er begnügte sich damit, sie noch ein wenig fester an sich zu drücken.

12

Sie fürchtete sich ein wenig davor, zu ihm nach Hause zu gehen: Womöglich wohnte er in irgendeinem möblierten Zimmer, wo sie sich unbehaglich fühlen würde. Daher war sie aufs angenehmste überrascht, als sie seine Räume betrat, die er seit 1912 fast unverändert hatte erhalten können; man sah, daß jeder Gegenstand darin mit Liebe ausgewählt worden war, es gab bequeme Möbel, die er vor dem Krieg in England gekauft hatte, einen großen Kamin, in dem ein Holzfeuer brannte; im Schlafzimmer war ein kleines Abendessen hergerichtet worden, mit Früchten in einer herrlichen böhmischen Kristallschale, Wein in einer alten Karaffe mit Silbergriff, und das Ganze war beleuchtet von zwei geschickt auf vergoldete alte Kandelaber montierten Lampen mit rosafarbenen Schirmen.

Yves schien zwischen all diesen geschmackvollen und kostbaren Dingen wirklich zu Hause zu sein; sie war fasziniert von der plötzlichen Veränderung seines Gesichts. Gestern noch war er alt, matt, fast häßlich gewesen; heute war er schön und jung.

Sie lernte Pierrot kennen, den kleinen Hund, der an ein Lämmchen mit krausem Fell erinnerte und ein weiches rosafarbenes Band um den Hals trug. Dann zeigte er ihr seine kleine Sammlung von Parfümfläschchen. Er bestand darauf, ihr eines davon zu schenken: Es stammte aus der

Zeit von Elizabeth I. und trug ihr Wappen in angelaufenem Silber auf dem dunkelblauen Glas, das im Licht schimmerte wie ein kostbarer Edelstein.

»Ich bitte Sie, es anzunehmen«, sagte er, als sie es nicht gleich nehmen wollte. »Wenn Sie wüßten, was für ein Vergnügen es für mich ist – es kommt ja leider so selten vor! –, jemandem etwas zu schenken ... Ich bitte Sie ...«

Dann zeigte er ihr die Porträts seiner Eltern; er sprach von seinem Vater, erzählte einige seiner Abenteuer, zum Beispiel, wie er aus Liebe zu einer russischen Artistin seine Frau und seinen Sohn verlassen hatte: Er hatte ein Jahr mit ihr zusammengelebt, in der Nähe von Nizza, in der Villa Snigurotschka, in der, weil die Artistin hellblond war und Weiß liebte, alle Einrichtungsgegenstände weiß sein mußten, es gab viel Marmor, Alabaster, Kristall; in dem dazugehörigen Garten wuchsen ausschließlich schneeweiße Pflanzen, Tuberosen und Kamelien, und es gab weiße Pfauen und in den drei Teichen herrliche Schwäne. Die Russin war dort gestorben, und der Vater war zu seiner Frau zurückgekehrt.

»Sie hat ihm verziehen, wie so viele Male«, sagte Yves. »Ja, sie hat ihm immer verziehen. Wenn er sie betrog, war es immer wie ein künstlerischer Akt ... Man konnte ihm nicht böse sein ... Und außerdem war er unwiderstehlich ... Er hatte die Anziehungskraft der Menschen, die von allen geliebt werden. Und wenn er liebte, gab er sich mit Haut und Haaren der Geliebten hin, und es war jedesmal für immer ... Wir Heutigen können nicht mehr auf solche Weise lieben ...«

Er saß Denise zu Füßen, hatte ihre Knie umschlungen und blickte unentwegt in das prasselnde Kaminfeuer.

»Warum?« fragte Denise.

Er antwortete mit einer unbestimmten Geste.

»Warum? Ich weiß nicht... Das Leben heute ist zu hart, das ist es vielleicht vor allem... Die Energien, die man früher dazu nutzte, um sich in Leidenschaften, Liebschaften zu verschwenden, werden heute für tausend alltägliche, stumpfsinnige, sterbenslangweilige Scherereien gebraucht... Um zu lieben, wie diese Leute geliebt haben, muß man viel Zeit haben und reich sein... Ihr Leben war so sorglos... Es war ruhig und sicher, und sie waren großzügig, heiter... Sie brauchten Gefühle, und wir brauchen immer nur Erholung. Und außerdem braucht die Liebe vielleicht mehr, als man zugeben will, marmorne Paläste, weiße Pfauen und Schwäne.«

Sie beugte sich zu ihm hinunter, umfaßte seine Schultern.

»Yves, lieben Sie mich?« fragte sie, und ihre Stimme klang gar nicht wie die einer verliebten kleinen Frau, die murmelt: »Liebst du mich?«, wie eine Bekräftigung, weil sie sich der Antwort schon sicher ist; diese Stimme war vielmehr voller Angst und Pein und doch auch voller Hoffnung. Er antwortete nicht. Endlich sagte er:

»Wozu sind Worte gut, Denise? Worte bedeuten nichts.«

»Sagen Sie sie mir dennoch, ich bitte Sie... Ich will es wissen.«

»Aber das ist es ja gerade, ich frage mich, ob ich überhaupt lieben kann – lieben, wie ich es mir wünsche«, sagte er seufzend. »Ich fühle aber, Denise, daß Sie mir unendlich teuer sind. Das Verlangen, das ich empfinde, ist gemischt mit unendlicher Zärtlichkeit...«

»Aber das ist es doch, es ist Liebe«, stammelte sie flehend, mit eingeschnürter Kehle, den Blick unverwandt auf ihn gerichtet.

Er erwiderte einfach:

»Wenn Sie glauben, daß es Liebe ist, dann liebe ich Sie, Denise.«

Zum erstenmal spürte sie, daß es zwischen ihren Herzen ein Hindernis gab, wie eine unbestimmte, aber unüberwindliche Grenzlinie. Doch sie sagte nichts; lieber schloß sie die Augen, lieber vergaß sie sich, wollte nichts mehr sehen, nicht mehr sicher sein, ihn nur nicht verlieren, nur das nicht, ihn nur nicht verlieren. Und als er begann, sie zu streicheln, wischte sie sich verstohlen zwei dicke Tränen aus den Augen, die zeigten, wie schwer ihr Herz geworden war.

13

An einem Sonntag im Dezember aßen Denise' Mutter, Madame Franchevielle, und ihr Cousin Jean-Paul Franchevielle, ein gutaussehender junger Mann von dreiundzwanzig Jahren, mit frechen Augen und rotem Mund, bei den Jessaints zu Mittag. Es war ein schöner Wintertag, klar, eiskalt und sonnig; das Speisezimmer wurde unvermittelt von einem lebhaften rötlichen Sonnenstrahl erhellt, der auf den Wänden den Widerschein der Kristallgläser tanzen ließ. In seinem Licht erschien Denise blaß und angespannt, und über ihr Gesicht huschten versteckte Schatten, wie man sie gelegentlich bei jungen Leuten beobachtet, Schatten, die die dunklen Lider hervorhoben und die Mundwinkel markierten – wie ein diskreter Hinweis auf den Ort zukünftiger Falten.

»Fehlt dir etwas, Denise?« fragte Madame Franchevielle.

Mit neunundvierzig Jahren war Denise' Mutter noch immer eine hinreißend schöne Frau, die keine Angst davor hatte, sich abends unter dem gleißenden Licht der Lüster im Ballkleid mit bloßen Armen neben ihrer Tochter zu zeigen. Selbst heute, im vollen, unbarmherzigen Sonnenschein, wirkte sie, geschickt geschminkt, mit schönen, schimmernden Zähnen, schwerem, glänzendem Haar, gesund und gutgelaunt, frischer als die Jüngere. Denise liebte sie sehr, denn sie war eine aufmerksame, kluge und gute Mutter, die ihre überbordende Zuneigung unter einer leicht distanzierten, spöttischen Haltung verbarg. Sie war wenig mitteilsam und kaum je zärtlich gewesen; doch auf dem Grund ihres Gedächtnisses fand Denise die Erinnerung an neun Scharlachnächte in ihrer frühen Kindheit, eine Zeit, in der sie zwischen delirierenden Träumen und Fieberschüben die ganze Zeit den auf sie gerichteten Blick ihrer Mutter wahrgenommen hatte. Dieser Blick hatte sie miteinander verbunden; in diesem Blick hatte der hartnäckige Wille gelegen, sie zu retten, und es war diese Hartnäckigkeit gewesen, die sie schließlich dem Tod entriß. Als junge Witwe und hübsch, wie sie war, hatte Madame Franchevielle damals – wie sicher auch heute noch – diskrete und stilvolle Affären gehabt, von denen Denise ahnte, ohne daß sie Genaueres darüber erfahren wollte. Die Hochachtung für ihre Mutter wurde durch diese Abenteuer auch nicht geschmälert, im Gegenteil: Sie machten eine Frau par excellence aus ihr, die alles weiß, alles sieht und alles versteht. Madame Franchevielles Scharfblick war sprichwörtlich; nie war es ihrer Tochter gelungen, ihr irgend etwas zu verheimlichen. Auch heute machte sie die Frage ihrer Mutter nervös, und sie errötete, ohne ihr Antwort zu geben.

»Ich hoffe, du machst mich nicht zum zweitenmal zur Großmutter!« rief Madame Franchevielle provozierend.

»Nein, nein, bestimmt nicht, Maman«, sagte Denise mit einem kleinen Lächeln, das so traurig war, daß Madame Franchevielle unverzüglich und kunstfertig das Thema wechselte.

Als der Kaffee serviert wurde, verließen die Gäste das Speisezimmer und begaben sich in den Salon nebenan, der auch als Bibliothek diente und mit geschmackvollen Stichen, Blumen und seltenen Büchern geschmückt war. Jean-Paul erhob sich, um Denise einzuschenken.

»Es steht dir, die Haustochter zu spielen«, sagte Denise mit einem kleinen Zucken der Lippen, das ein Lächeln vorstellen sollte.

Während Jean-Paul geschickt mit den Tassen hantierte, raunte er ihr zu:

»Jetzt bin ich mir sicher.«

»Wie bitte?«

»Du hast einen Liebhaber, meine Beste ... Dieser arme Jacques, er ist ...«

Er wies mit einer jungenhaften Geste auf den Rücken Jessaints. Denise wurde blaß.

»Schon gut, reg dich nicht auf ... Aber es steht dir ins Gesicht geschrieben, Denise. Es läuft nicht gut zwischen euch, oder ermüdet die Liebe dich etwa?«

»Sei still, ich bitte dich, sei doch still!« wiederholte sie.

Es lag eine solche Mattigkeit in ihrem Blick, daß Jean-Paul sie mit dem Ausdruck aufrichtigen und zärtlichen Mitgefühls betrachtete.

»Arme kleine Denise ... Du leidest ... Du mußtest ihn also zum Hahnrei machen – und warum hast du nicht mich genommen, damals, vor einem Jahr, warum hast du mich nicht erhört?«

Sie konnte ein Lächeln nicht unterdrücken und rief sich die Szene ins Gedächtnis, als Jean-Paul ihr mit schülerhafter Inbrunst halb im Spaß, halb mit echter Leidenschaft Liebeserklärungen gemacht und sie schließlich von Tisch zu Tisch, von einer Ecke zur anderen verfolgt hatte; doch sein Ungestüm hatte bald alles Aggressive verloren und sie nur noch an die Blindekuhspiele ihrer Kindheit erinnert.

»Mein armer Jaja«, sagte sie im Ton eines kleinen Mädchens. »Ich – dich erhören? Du warst so grob und so naiv wie ein junger Dorfcasanova.«

»Das kam dir nur so vor, weil ich dir nicht ewige Liebe geschworen und mein kleines Gefühl nicht mit Mond und Sternen angereichert habe. Denise, meine Liebe, du bist die letzte Romantikerin, die es gibt. Worte bedeuten dir alles. Worte werden dich noch zugrunde richten. Aber Worte bedeuten nichts.«

»Du glaubst das also auch?« sagte sie verblüfft. »Aber du bist noch jung! Warst du in mich verliebt?«

»Zuallererst wollte ich dich, und dann habe ich immer etwas für dich übrig gehabt, hier drinnen, aber ich weiß nicht, ob das Liebe ist«, sagte er offenherzig.

»Immer dasselbe«, murmelte sie mit seltsam veränderter Stimme, »Zärtlichkeit, Verlangen … irgendein Gefühl … Warum sagt man nicht einfach: Liebe? Hat man Angst vor dem Wort?«

»Und vor der Sache, meine gute Denise … Tja, seit dem Krieg weiß man nicht mehr, was das ist … Weißt du, als ich dir nachgelaufen bin, hatte ich dich wirklich sehr gern, wie du es nennen würdest, und dann, als du mir eine Abfuhr erteilt hast, habe ich geheult wie ein altes Weib, weißt du, aber die ganze Zeit war ich mir sicher, daß ich darüber hinwegkommen würde, weil es ja nicht an Frauen mangelt, mit denen man sich trösten kann … Wir wissen das von Anfang an, wir anderen …«

»Wir wissen es nicht.«

»Du und ein paar andere einzelne Exemplare, die fatalerweise dazu bestimmt sind zu leiden! Ihr haltet uns für Grobiane, weil ihr uns die Ewigkeit auf einem silbernen Tablett anbietet und wir die Stirn besitzen, sie zu verweigern. Aber ihr seid die Ausnahme. Die anderen Frauen praktizieren seit langem, was schon Baudelaire sagte, jedenfalls so ähnlich: ›Sei charmant, schweig still und mach dich aus dem Staub.‹«

Er spielte mit einem Löffel und berührte dabei sanft Denise' Hand:

»Aber egal, wenn du jemals jemanden brauchst, der dir hilft, über die endlosen Stunden der Dämmerung hinwegzukommen – schön ausgedrückt, nicht? –, dann denke an Jaja … Jetzt aber genug davon! Ich wende mich nicht mehr an Denise, sondern an Madame Jessaint, die Frau des schwerreichen Jessaint, Jacques … Erinnerst du dich, o Denise, wie wir einst miteinander spielten, wie wir in fernen Kindertagen zusammen Marmelade stibitzten, wie ich am gesegneten Tag deiner Hochzeit den Brautführer spielte, wie ich …«

»Brauchst du Geld?«

»Man kann dir nichts verheimlichen.«

»Hast du eine Geliebte?«

»Nein, ein Auto … Das ist besser als eine Frau, aber es verschlingt genausoviel Geld, und Papa hat mich zum Teufel geschickt, als ich letzte Woche bei ihm anklopfte.«

»Du hast keine Geliebte?«

»Doch, aber sie kostet mich nichts, sie hat einen Mann.«

»Jean-Paul!«

»Was heißt Jean-Paul? Gebe ich Geld aus, macht man

mir Vorwürfe, spare ich Geld, ist man auch nicht zufrieden!«

»Ist sie hübsch?«

»Aber sicher, sie ist schmal gebaut, dunkel, äußerst intelligent, mit einer langgezogenen Haube…«

»Wie bitte?«

»Einer Haube. Wußtest du nicht, daß Autos Motorhauben haben?«

»Du sprichst also von deinem Wagen?«

»Natürlich, wovon denn sonst?«

»Jean-Paul, ich gebe auf… Du bekommst zweitausend Francs. Und jetzt serviere uns bitte den Likör.«

Er ging, ohne ihr auch nur zu danken. Mit ihrer Kaffeetasse setzte sich Denise an ihren Lieblingsplatz, auf ein Sitzkissen am Feuer, wo sie in die rotzüngelnden Flammen schauen konnte. Die Stimme ihrer Mutter holte sie aus ihren Gedanken.

»Denise, schläfst du? Ich habe meinen Hut in deinem Zimmer gelassen. Kommst du mit mir?«

Im Zimmer umfaßte Madame Franchevielle die Schultern ihrer Tochter.

»Du machst so ein trauriges Gesicht, Liebes… Sag Maman, was dich bedrückt.«

»Ich kann nicht.«

»Kann ich dir helfen?«

»Nein, liebe Mutter, aber ich danke Ihnen trotzdem… Machen Sie sich keine Sorgen… Es geht noch… Sobald ich es wirklich nicht mehr ertragen kann, werde ich Ihnen vielleicht davon erzählen… Aber jetzt dringen Sie bitte nicht weiter in mich.«

Madame Franchevielle kniff ein wenig ihre hübschen, kurzsichtigen Augen zusammen, die bis auf den Grund des Herzens ihrer Tochter zu blicken schienen.

»Natürlich, Liebes«, versprach sie.

Fast drei Stunden blieb Denise allein. Madame Franchevielle war gegangen; und ebenso Jessaint, der noch Besuche zu machen hatte, wie er sagte.

»Jacques, der Mann von Welt«, sagte Denise ein wenig ironisch und mit jener leicht aggressiven Gereiztheit, mit der Frauen ihre Ehemänner betrachten, wenn ihre Geliebten sie unglücklich machen.

Doch sie hütete sich, ihm zu folgen oder ihn zurückzuhalten. Dann verabschiedete sie Jean-Paul, der noch eine Weile länger bei ihr geblieben war.

Ein letzter schräger Sonnenstrahl von der Farbe reifer Aprikosen glitt über den Salon und beleuchtete die kleine Uhr aus Elfenbein. Denise blickte zu dem hellen Zifferblatt. Am Vortag hatte sie Yves wie jeden Tag beim Abschied gefragt: »Sehe ich Sie morgen wieder?« Jedesmal schwor sie sich zu warten, bis er als erster jenen kleinen Satz äußerte, und immer war sie es, die ihn im letzten Moment furchtsam und schüchtern mit leiser Stimme murmelte. Nur ein oder zwei Mal hatte sie den Mut gehabt zu schweigen; am nächsten Tag hatte er sie zur gewohnten Stunde angerufen, doch bis dahin hatte die Ungewißheit sie halb wahnsinnig gemacht. Die Ungewißheit – das war die genaue Bezeichnung ihres Übels. Sie war fast sicher, daß er sie nicht betrog. Warum? Er hatte weder Zeit noch Gelegenheit dazu, und zweifellos gab es dort, wo er arbeitete, auch kaum eine Frau, die ihn in Versuchung führen konnte. ›Aber so etwas ist nichts, es wäre verzeihlich‹, dachte sie. Was sie brauchte, wie man Luft zum Atmen braucht, war die Sicherheit, geliebt zu werden. Sie wußte es nicht. Sie wußte nichts. Obwohl er immer matt und müde war und sich mit seiner Arbeit plagte, war er doch voller Zärtlichkeit und ihren körperlichen Reizen gegenüber stets empfänglich. Und doch hatte sie den Eindruck, daß nur sie mit ganzer Kraft an ihn, an ihre Liebe glaubte. Sie klammerte sich daran; sie wußte, wenn sie ihn verließ, würde er nichts tun, um sie zurückzuhalten – aus Trägheit, aus Kleinmut –, daher empfand sie oft eine große innere Erschöpfung, als hielte sie in ihren zitternden Händen eine kostbare Last, die eigentlich zu schwer für sie war. Und doch … Er war nicht bösartig, er war edelmütig und empfindsam – ohne jedoch wirklich zu begreifen, wie es um sie stand, ohne ihren Schmerz zu spüren. Auf ihre Frage »Sehe ich Sie morgen?« gab er stets die Antwort: »Ich werde Sie anrufen, Liebste.« Für ihn war es ganz einfach: Sie hatte ihm immer wieder gesagt, daß sie frei sei, daß sie sich ihre Tage für ihn einteilen werde; während er von seinem Büro, seinen Geschäften in Atem gehalten wurde, den tausend kleinen Angelegenheiten eines armen Junggesellen, von denen er ihr nichts erzählen wollte. Es war besser, ihre Treffen in letzter Minute zu vereinbaren, als das Risiko einzugehen, daß sie durch irgendein unvorhergesehenes Ereignis gestört würden. Diese Bedenken waren sicher berechtigt, doch für sie war das tägliche Warten auf seinen Anruf eine Qual, eine langsame und raffinierte Folter, etwas, was sie ihm nicht erklären konnte und was er doch hätte verstehen müssen. Und genau dieses Unverständnis bewies auf das schrecklichste, daß ihnen jene sonderbare empfindsame Faser fehlte, die zwei Menschen miteinander verbindet, sie auf geheimnisvolle Weise eint und die Ursache dafür ist, daß sie Freud und Leid miteinander teilen; ja, etwas schwer Faßbares, Unbeschreibliches fehlte zwischen ihnen – vielleicht ganz einfach die Liebe, die auf Gegenseitigkeit beruht.

Drei Uhr... Und doch fühlte sie sich noch leicht, zuversichtlich. So war es immer. Sie nahm ein Buch, überflog neugierig ein paar Seiten. Um zehn nach drei begriff sie schon nichts mehr von dem, was sie las; die Worte hatten jede Bedeutung verloren; es waren nur noch kleine schwarze Zeichen auf weißem Papier, die vor ihren Augen tanzten; mehrmals hintereinander las sie: »Der Mond, hoch am Himmel stehend, schien die Spitze eines blassen Lichtkegels zu sein...« »Der Mond, hoch am Himmel...« »Der Mond...« Sie verstand es nicht und schlug kurzerhand das Buch zu. Dann nahm sie eine Feile zur Hand und begann, sich ausdauernd die Nägel zu polieren, wie hypnotisiert von ihrer glänzenden Oberfläche. Doch ihr Geist hörte nicht auf umherzuschweifen; sie stand auf, ging in den Flur und blieb dort zögernd stehen. Nein, wirklich, sie wußte nicht, was sie machen sollte. Sie hatte nichts zu tun, nichts, gar nichts... Sie öffnete die Tür zum Kinderzimmer. Francette saß in einem hohen Stuhl neben der Engländerin und schnitt Bilder aus. Einen Moment lang drangen auf fast unmerkliche Weise die Stille und die Helligkeit dieses Zimmers in Denise ein und besänftigten sie. Francette plapperte mit einem hohen Vogelstimmchen vor sich hin; das Feuer knisterte im Kamin, die schwarze Katze leckte sich, und ihr Schnurren klang wie siedendes Wasser. Denise setzte sich neben ihre Tochter und strich ihr übers Haar. Doch plötzlich sprang sie nervös auf:

»Haben Sie das Telefon klingeln gehört, Miss?«

»Nein, Madame«, erwiderte die Engländerin in ruhigem Ton.

Denise wurde dennoch unruhig. Sie sagte sich, daß sie hier, im Kinderzimmer, das Klingeln nicht hören könne, daß das Geräusch erstickt würde von den schweren Vorhängen und die Dienstboten zuviel zu tun hätten, um ihr Bescheid zu geben. Sie konnte nicht stillsitzen; jedesmal wenn ein Autobus auf der Straße vorbeifuhr, wenn Francette die Tiere aus Kopenhagener Porzellan klirren ließ, die auf dem Tisch standen, fuhr sie zusammen und spitzte die Ohren. Unvermittelt stand sie auf und lief rasch hinüber in ihr eigenes Zimmer. Diesmal war sie sicher.

»Hallo, hallo …«

Es war eine entfernte Verwandte. Man mußte banale Fragen über sich ergehen lassen, mit geheuchelter Teilnahme selbst Fragen stellen, sich über belanglose Dinge aufklären lassen. Endlich konnte sie zitternd wieder auflegen. Viertel vor vier … Yves hatte vielleicht versucht, sie zu erreichen … Auf leisen Sohlen ging sie zu einem niedrigen Sessel zwischen Fenster und Kamin und ließ sich darin nieder. Was für eine Stille! … In der leeren Wohnung hörte man das kleinste Geräusch, die Möbel knarzten, ein Diener ging im Speisezimmer auf und ab; unten fiel das schwere Hoftor mit einem dumpfen Schlag ins Schloß … Draußen, auf der Avenue d'Iéna, wo es sonntags so friedlich zuging wie auf irgendeiner Provinzstraße, fuhr ein Auto vorbei … Dann breitete sich erneut Stille aus, betäubend, tödlich, die besondere Stille der Pariser Sonntage in den Vierteln der Reichen.

Mit hochgezogenen Knien, den Kopf auf die Hände gelegt, starrte Denise ins Feuer, ohne zu denken, wie man es manchmal tut, wenn man einschlafen will und sich zwingt, ruhig zu werden, mit leerem Kopf, ins Leere starrend, ohne nachzudenken – vor allem das, nur kein Gedanke! ... Und ganz allmählich, langsam, fast gegen ihren Willen, wandte sich ihr Gesicht dem schattigen Winkel zu, in dem der Telefonapparat stand. Sie schien diesen toten Gegenstand anzuflehen wie einen kleinen, höhnischen und schweigsamen Gott aus Holz und Metall. Schon nach vier ... Er ruft nicht an ... Er hat es vergessen ... Nein, das war unmöglich, er kann es nicht vergessen haben ... Aber, du lieber Himmel, warum ruft er dann nicht an? Warum? Ach! Die Qual, hier sitzen bleiben zu müssen, mit eiskalten Händen, langsam schlagendem Herzen, das ganze Leben abhängig von diesem entsetzlichen kleinen Ding, das stumm und spöttisch in seiner dunklen Ecke glänzt ... Die Qual, in dieser Stille vergeblich auf das Klingeln des Apparats zu lauschen. Halb fünf ... Die Standuhr schlug. Denise fuhr auf, die Wangen bleich ... Dann begann sie zu weinen, leise und verzagt. Und plötzlich ertönte lebhaft, klar, anmaßend das Klingeln des Telefons.

Sie griff nach dem Hörer und bemühte sich, das Zittern ihrer Hände zu unterdrücken. Vielleicht war es jemand anders. Aber nein, nein, es war Yves' Stimme, diese immer etwas belegte, tiefe Stimme.

»Denise?«

»Liebster!«

»Denise, ich habe viel zu tun ... Wir können uns erst in einer, nein besser in anderthalb Stunden treffen. Verzeihen Sie mir.«

»Am Sonntag?«

»Es geht nicht anders.«

Sie nahm eine winzige Verhärtung seines Tons wahr und fühlte sich sofort geschwächt.

»Wann immer Sie wollen. Bei Ihnen?«

»Nein, nicht bei mir.«

»Warum?«

»Ich erkläre es Ihnen später.«

»Wo dann?«

»Sind Sie allein?«

»Ja.«

»Ich komme bei Ihnen vorbei.«

»Gut«, sagte sie kalt, enttäuscht, argwöhnisch.

Schon war die Verbindung unterbrochen. Und doch wurde sie von einer großen Welle der Ruhe überschwemmt. Plötzlich erinnerte sie sich daran, daß sie tausend Dinge zu tun hatte; sie hatte die Rechnungen eines Dieners nicht nachgeprüft; man hatte ihr einen Hut geliefert, den sie noch nicht anprobiert hatte; man mußte Spitzen auswählen für die vor kurzem bestellte Wäsche ... Diesen diversen Beschäftigungen ging sie etwa eine halbe Stunde lang mit unbeschwertem Herzen nach; dann machte sie sich daran, sich das Haar aufzustecken, sich zu pudern, Hals und Arme an den Stellen zu parfümieren, wo er sie am liebsten küßte; sie zog das Hauskleid an, das ihm am besten gefiel, ordnete persönlich die Teetassen auf dem runden Tischchen an, goß den Portwein in die kleine Karaffe aus dunklem, rubinrot schimmerndem Glas, arrangierte die Blumen in ihren Vasen, legte Zigaretten in die grün-schwarze Lackschachtel aus Moskau, die er so liebte, und schob das Tischchen mit Tassen und Zigarettenschachtel nah ans Feuer, in den blaßrosa Lampenschein.

Und dann begann sie erneut zu warten. Das Warten war ein Teil ihres Lebens. Das Warten auf seinen Anruf, das Warten auf seinen Besuch oder auf die Stunde ihrer Zusammenkunft... Ach! Welche schreckliche Qual war es zu lieben. Und warum? Es waren nicht die Liebkosungen, die sie mit ihm verbanden; ihre Sinnlichkeit war anders als die der meisten jungen Frauen, und in seinen Armen war sie kaum jemals glücklich, da sie stets von einer unbestimmten, nagenden und betäubenden Furcht gepeinigt wurde wie von einem Übel, das man in seinem Innersten spürt, ohne es benennen zu können. Und doch geschah es zuweilen, trotz dieser Beunruhigung – wie selten allerdings! –, daß sie, wenn sie auf seinen Knien saß und mit der Hand unter sein Hemd fuhr und das Herz fühlte, das dort schlug, durchdrungen wurde von einer fast überirdischen Ruhe... Und für diese seltene Minute des köstlichen Friedens der Liebe war sie bereit, alles zu erdulden. Jetzt wartete sie... Ihr Blick war starr, ihre Nerven wie taub; nur ihr Gehör lebte, aufs äußerste geschärft, und nahm die leisesten Geräusche der Straße wahr... Schritte näherten sich, liefen am Haus vorbei, entfernten sich... Ein Auto glitt langsam heran, hielt – nein, es fuhr wieder fort... Dann ertönte der dumpfe Lärm des Aufzugs und das helle Läuten der Glocke in der Etage über ihr... Warum ließ er sich soviel Zeit? Und wenn ihm etwas zugestoßen war? Täglich sah man zerbeulte Taxis, die irgendwo in dieser Gegend mit anderen Autos zusammengestoßen waren… Und warum hatte er nicht gewollt, daß sie zu ihm kam? Ihre Phantasie vergrößerte, verzerrte die kleinsten Einzelheiten ins Monströse… Wer weiß? Vielleicht betrog er sie doch? Konnte man das wissen? Er hatte vielleicht noch eine andere Geliebte. Vielleicht war er ihrer längst überdrüssig geworden und zu einer früheren Geliebten zurückgekehrt… Oder er hatte eine neue Affäre angefangen. Sie stellte sich den Geliebten vor, wie er bei einer anderen lag, hörte ihn träge zu sich selbst sagen: ›Was soll's, dann wartet Denise heute eben mal…‹ Sie zermarterte sich mit Vergnügen das Hirn, wie ein krankes Kind… Und dann kam der nächste schreckensvolle Gedanke… Ach! Er war immer in ihr, wie die Angst vor dem Tod, die im schwachen Menschenherzen lebt und in gewissen Stunden wach wird und hämisch lacht… Die Angst, daß er sie verließ… Nein, keine große Trennungsszene, wie man sie sich früher ausmalte… Man spielte sie kaum noch, nicht einmal mehr im Theater… Wozu all diese großen Worte für eine so kleine Sache? Heute geht man einfach eines schönen Tages davon, man kommt nicht mehr zum vereinbarten Treffen, und schon ist es aus, vorbei, man verschwindet… Das heißt »eine Frau fallenlassen«, und es ist sehr gut, sehr bequem, sehr liebenswürdig… Und unterdessen rücken die Minuten auf dem Zifferblatt vor, schnell, immer schneller, wie tückische kleine Nagetiere, die sich, jedes mit einem Fetzchen Leben im Maul, davonstehlen.

Denise wartete.

Lieben, ohne geliebt zu werden,
Rasten, ohne Ruhe zu spüren,
Warten an geschlossenen Türen,
Sind drei Dinge, die zum Sterben führen –

sagt man, so oder ähnlich.

14

Das ist es, mein Lieber«, sagte Jean Vendômois abschließend, »das ist mein Leben ... Im Norden von Finnland, ohne jeden Kontakt zur zivilisierten Welt, am Rand des Polarmeers ... Wie die Pioniere in Kanada, im letzten Jahrhundert ... Neun Monate des Jahres ein Winter, den man sich hier einfach nicht vorstellen kann ... Der Schnee ... weiß, rein, die herrliche klare Luft ... diese riesigen dichten Wälder, die unter der Schneedecke schlafen ... kein Windhauch, kein Laut ... nur die Glöckchen der Schlitten ... Drei Monate Sommer, in denen die Sonne nie untergeht ...«

»Ich sehe es vor mir«, sagte Yves, dessen Augen groß geworden waren beim Träumen.

Sie unterhielten sich nun schon seit dem Mittagessen; vor ihnen stand der Kaffee, den sie vergessen hatten; zwischen ihren Beinen hob Pierrot seine spitze rosige Schnauze, mit dem immer gleichen Ausdruck eines lächelnden Schoßhündchens. Vendômois – klein, gedrungen, intelligente Augen in einem viereckigen, derben, gebräunten Gesicht, beugte sich vor.

»Mal es dir aus, mein Lieber, mal dir aus, wie es ist, weit weg von Paris, weit weg vom stumpfsinnigen, schweren Nachkriegsleben ... Dort ist man absolut unabhängig ... Und man fühlt, was man mit diesen zwei Händen hier macht, es ist echte Arbeit, man kann endlich etwas schaffen … Überleg nur mal, vor drei Jahren gab es in diesem Dorf zweiundzwanzig Pferde; heute sind es einhundertfünfundsiebzig … das ist wunderbar … Ach, mein Traum wäre es, dort eine Eisenbahnlinie aufzubauen, die das Dorf mit Haparanda verbinden könnte; noch sind wir gezwungen, unsere Produkte mit Hilfe von Pferden und Rentieren zu vertreiben … Die Eisenbahn, das wäre sicheres Geld, garantierter Erfolg, verstehst du?«

»Ob ich das verstehe?« rief Yves laut. »Das ist herrlich, lieber Freund!«

»Ja, herrlich … Ach, Yves, komm mit mir … Was soll hier aus dir werden? Du vegetierst ja nur, kommst nie aus deinem Alltagstrott heraus … Ist das wirklich etwas für dich, dieses Büro, das kleine, enge Leben eines Angestellten? … Dort oben bist du dein eigener Herr … Und diese Fabrik, weißt du, das ist noch gar nichts, das ist etwas ganz Kleines, aber es wird größer werden, immer größer … Es ist wunderbar, so etwas wachsen zu sehen, Jahr für Jahr, wie ein Kind … Ich erkläre es dir … Wir stellen Streichhölzer her, wie du weißt … Diese unerschöpflichen Wälder, die man für fast nichts bekommt – man kauft sie der Regierung ab, die das ausländische Geld braucht –, diese Wälder liefern alles, bis zum Holz für die Transportkisten, verstehst du?«

Er nannte Zahlen, und Yves hörte mit glänzenden Augen zu.

»Fünf Jahre unermüdliches Arbeiten, und du bist wieder so vermögend wie früher … Du weißt, daß ich nie übertreibe.«

»Ich weiß.«

Die beiden Freunde schwiegen eine Zeitlang.

»Wie ich dich beneide!« sagte Yves endlich.

»Komm mit ...«

Der andere hob die Schultern, ohne zu antworten.

Jean Vendômois blickte ihn scharf an.

»Eine Frau, was?«

»Ja.«

»Was macht das schon, ist doch nur eine Kleinigkeit.«

»Sie leidet.«

»Pah! Wir müssen zuerst an uns denken.«

»Ich kann nicht.«

»Ein kleines Schmusetier?«

»Nein, eine echte Frau, hingebungsvoll, aufrichtig und liebevoll ... Deshalb kann ich nicht ...«

»Mein armer Freund, das ist zu dumm ...«

»Ja. Ich weiß.«

»Hör zu«, begann Vendômois erneut, »ich muß nachher noch einen Vertrag machen, mit einem Engländer ... Aber wenn du ja sagst, schicke ich ihn zum Teufel ... Du gibst mir dein Wort, und ich warte dort auf dich ...«

»Ich kann dir mein Wort nicht geben.«

»Du kommst nicht?«

Yves schwieg und starrte ins Feuer.

Vendômois stand auf.

»Na dann«, sagte er mit einem kurzen Seufzer, »Leb wohl, mein Lieber, alles Gute.«

Sie umarmten sich. Yves war bleich.

Bevor er ging, sagte Vendômois noch:

»Hör zu. Wenn es eines Tages nicht mehr geht ... man weiß ja nie ... Versprich mir, daß du dann kommst.«

»Ich verspreche es dir.«

»Gut … Adieu …«

Als er wieder allein war, ging Yves zum Kamin zurück, kniete sich hin und legte mit einem tiefen Seufzen und einem trockenen und schmerzlichen Aufschluchzen die Stirn auf Pierrots Kopf.

»Mein guter Hund, guter Hund«, murmelte er, mit dem Mund im dichten Fell, »ach, wie gut das wäre … Stell dir vor: ein freies, wildes Leben, im Schnee, tief im Wald, jagen, arbeiten – auf gesunde Weise arbeiten, mit dem Körper und dem Kopf – und Freiheit … Ich werde dich mitnehmen … Ach, wie müde werden wir sein, und abends die Ruhe in einem Holzhaus, Stille, der Mond über dem Schnee, und diese großen Sterne, von denen Jean erzählte, größer und leuchtender als unsere … Mit müden Gliedern, wie ein Arbeiter, aber das Herz frei, glücklich … Mein lieber Hund, was für ein Traum!«

Auf dem Teppich sah er die kleinen Fotografien, die Vendômois ihm gezeigt und jetzt vergessen oder auch absichtlich bei ihm zurückgelassen hatte. Er nahm sie in die Hand. Er sah weite Täler, Holzhütten, leichte, von Rentieren gezogene Schlitten, Tannenwälder, kreisrunde, fast transparente Seen, in denen sich Birken spiegelten …

Er betrachtete die Bilder lange und warf sie dann ins Feuer.

»Denise, kleine Denise«, seufzte er, »du wirst niemals erfahren, was ich dir opfere.«

15

Als er mit über einer Stunde Verspätung bei Denise eintraf, stand sie am Fenster und weinte heftig. Er erschrak.

»Mein Gott, Denise, was hast du? Ist etwas passiert?«

Sie schüttelte den Kopf, ohne sprechen zu können. Er wollte sie an sich ziehen. Doch sie stieß ihn, starr vor Zorn, mit ausgestreckten Armen zurück.

»Du Egoist ... Ich warte hier, außer mir vor Sorge, und stelle mir die fürchterlichsten Dinge vor, einen Unfall, irgendein Unglück ... Und da kommen Sie hereinspaziert, ohne sich zu einer Erklärung herabzulassen, ohne ein Wort zu sagen ...«

»Sie haben mir bis jetzt noch keine Gelegenheit dazu gegeben«, bemerkte er kühl, mit unvermittelt hart gewordenem Blick.

»Schweigen Sie, lassen Sie mich los, Sie sind gemein, feige, grausam ... Sie haben nicht das Recht, hören Sie? – Nicht das Recht, mich so leiden zu lassen ...«

Sie atmete mühsam.

Er machte einen Schritt zur Tür.

»Denise, ich glaube, Sie sind verrückt geworden ... Leben Sie wohl, ich komme wieder, wenn Sie sich beruhigt haben.«

Da stöhnte sie auf wie ein verletztes Tier.

»Yves, Yves, verlaß mich nicht ... geh nicht, Yves ...«

Mit ihren wie wahnsinnig zitternden Händen klammerte sie sich an seine Kleider, seine Arme, seinen Hals; er packte sie, umfaßte ihre Brust auf eine Art, die eher einem Gewaltakt glich als einer zärtlichen Handlung. Doch nach und nach beruhigte sie sich; ihr Herz schlug wieder regelmäßiger; sie hob ihm ihr armes kleines Gesicht entgegen, tränenfeucht, erschüttert, totenbleich.

»Yves …«

Dann bat sie ihn leise und schüchtern:

»Sie vergeben mir doch, nicht?«

Er zuckte die Achseln und betrachtete sie mit einem undefinierbaren Ausdruck, in dem sich Mitleid, Zärtlichkeit und Verachtung mischten.

Engumschlungen saßen sie auf dem Sofa, in einer dunklen Ecke; im Kamin lagen glühende Holzscheite, die zuweilen rötlich und silberfarben aufflammten.

Denise hatte die Stirn auf Yves' Brust gelegt und genoß das köstliche Gefühl der Entspannung, jene fast wollüstige Mattigkeit, die gewöhnlich auf die großen Nervenkrisen von Frauen folgt. Von Zeit zu Zeit erschütterte noch ein Schluchzen ihren Körper, doch allmählich wurde sie wieder völlig ruhig, wie die See nach einem Gewitter; ihr Herz, das eben noch so schwer gewesen war, fühlte sich leicht und weich an; es war, als schmelze ein großer Eisblock im Wasser ihrer salzigen Tränen, die immer noch in ihren Augenwinkeln schimmerten.

Verstohlen betrachtete sie Yves.

Er schwieg, bedrückt, der Blick schwer.

»Sie dürfen das nie, nie mehr tun, Denise«, sagte er schließlich leise.

Noch regte sich ein wenig Groll in Denise' nicht völlig besänftigter Seele.

»Wo waren Sie die ganze Zeit?« fragte sie in einem fast haßerfüllten Ton. »Warum sind Sie nicht früher gekommen?«

»Ich habe einen Freund getroffen«, erwiderte er und wirkte kalt und distanziert dabei.

Sie wagte nicht zu sagen: Ich glaube Ihnen nicht, doch er bemerkte sehr wohl das kleine bittere Zucken ihrer Lippen. Unmerklich zog er sich zurück, versteifte sich. Eine Art dumpfe Feindseligkeit entstand zwischen ihnen. Sie spürte sie ganz deutlich und wollte sie mit Küssen und Liebkosungen bannen, wie einen Fluch; doch er blieb angespannt sitzen, mit fest geschlossenem Mund und reglosen Händen.

Da flüsterte sie:

»Yves, lieben Sie mich? Sagen Sie mir, daß Sie mich lieben... Sie sind mir so überaus teuer. Sprechen Sie mit mir, sagen Sie es mir...«

Er schwieg hartnäckig. Sie hatte das Gefühl, sich verzweifelt gegen eine verschlossene Tür zu werfen, vergeblich mit ihrem schmerzenden Kopf gegen sie zu schlagen wie ein armer Vogel in einem lichtlosen Zimmer; und unterdessen wiederholte sie mit ihrem schrecklichen und unbeholfenen weiblichen Eigensinn:

»Sagen Sie es... Sagen Sie es mir...«

Am Ende gab er ihr zur Antwort:

»Ich kann es nicht sagen, Denise, meine kleine Denise; geben Sie mir Ruhe, Erholung, Zärtlichkeit... Ich möchte Ihre Hände auf meiner Stirn fühlen, auf meinem Herzen, ich brauche Ihre liebe Stimme, die neben mir lacht... Aber ich kann es nicht, ich kann keine Liebesworte sagen ... In all den Jahren habe ich es nicht fertiggebracht ... Zwingen Sie mich nicht dazu, Ihnen hübsche Lügen aufzutischen ... Das will ich nicht ... Ich bin so müde ... Schenken Sie mir Ruhe, Frieden ... Das ist es, was ich brauche ...«

»Aber was ich brauche, ich«, sagte sie störrisch, »sind diese Worte ... Ich möchte hören, daß ich die Schönste bin und die Liebste und die Einzige. Ich brauche diese Worte, auch wenn ich weiß, daß es Lügen sind ... Ich brauche sie ...«

»Ich kann Ihnen nicht geben, was Sie von mir verlangen. Es ist nicht meine Schuld, Denise. Vielleicht habe ich genausowenig Gefühl wie Geld, ich weiß es nicht ... Aber ich gebe Ihnen alles, was ich geben kann ...«

»Das ist nicht viel ... Und ich leide«, sagte sie leise.

»Also dann«, sagte er seufzend und schob sie sanft von sich, »dann müssen wir uns trennen.«

Eine sonderbare Kälte ließ sie jäh erstarren.

»Das meinen Sie doch nicht ernst?«

»Ich will nicht, daß Sie unglücklich sind.«

»Ach«, sagte sie, »ich will tausendmal lieber wegen Ihnen leiden als Sie verlieren, das wissen Sie sehr wohl ...«

Schweigend legte sie ihre glühende Wange an die seine.

»Egoist«, flüsterte sie traurig, doch ohne Zorn.

»Egoistin«, erwiderte er mit einem seltsamen, matten kleinen Seufzer.

Und so blieben sie, eng aneinandergeschmiegt, schweigend auf dem Sofa sitzen; er blickte in die Ferne, und sie konnte den Blick nicht von ihm lösen.

16

Yves öffnete die Tür zu seinem Zimmer; bevor er sie wieder schloß, rief er in Richtung des im Dunkeln liegenden Arbeitszimmers:

»Jeanne, bitte, mein Bad … schnell …«

Dann ließ er sich in den erstbesten Sessel fallen.

Er war dazu übergegangen, abends zu baden, weil ihm morgens, bevor er ins Büro ging, für ein Bad die Zeit fehlte. Er mußte sich damit begnügen, sich in einem schlechtgeheizten Badezimmer zitternd und in aller Hast zurechtzumachen, während der häßliche frühe Morgen hinter dem Fenster, den Bäumen, dem Himmel und den Dächern graute – Dächern, die aufeinanderfolgten bis in unabsehbare Ferne. Vier Jahre waren vergangen, und Yves wurde beim Aufwachen immer noch von einem Schauder erfaßt, er spürte diesen vagen Schmerz in der Herzgegend, diese nervöse Lust, zu gähnen und sich zu strecken, die ihn an die Nächte in den Schützengräben erinnerte, wenn der Alarm sie im Dunkeln aufspringen ließ, sie brutal aus ihren Träumen riß. Den ganzen restlichen Tag über verließ ihn dieses Gefühl eines unbestimmten Unwohlseins oder Erschöpftseins nicht; er träumte von dem Moment, in dem er endlich in Ruhe in die tiefe, mit heißem, duftendem Wasser gefüllte Wanne hineingleiten und seine Glieder entspannen konnte, wie sich Schüler, die in Internate eingesperrt sind, die dampfende Suppenschüssel unter der Lampe am abendlichen Eßtisch der Familie vorstellen. Yves kam es vor, als würde er mit dem Staub des Tages auch die Müdigkeit, die schlechte Laune, die Sorgen und die ganze Atmosphäre des verhaßten Büros von sich abwaschen.

Heute war ihm die tägliche Arbeit noch mühsamer vorgekommen als gewöhnlich: Er war nervös gewesen wie eine Frau, und die Zeit wirkte mit tyrannischer Übermacht auf ihn ein. Seit dem frühen Morgen fiel zudem ein feiner Regen, grau, weich und stetig, dessen leises, hartnäckiges Plätschern an der Fensterscheibe ihm Lust machte, mit den Zähnen zu knirschen. Wenn er den Kopf hob, sah er die dunkle, schmutzige Straße, traurige Rücken, die sich unter glänzenden Regenschirmen beugten, immer in Eile, wie eine von einer unsichtbaren Hand gejagte Schafherde; Reklameplakate leuchteten unter dem schwarzen Himmel. Gegen fünf Uhr hörte der Regen auf, und am Horizont erschien ein heller rötlicher Streifen; einen Augenblick lang spiegelten die nassen Straßen dieses Licht und funkelten wie Amethyste; doch im Büro wurden Lampen mit grünen Schirmen angeknipst, und da war es draußen augenblicklich Nacht. Dieses Geklapper von Schreibmaschinen, dieser Tintengeruch … stechende Schmerzen im Nacken, im gebeugten Rücken, und die Augenlider brannten … Zahlenkolonnen, untereinandergeschrieben, immer länger werdend … Ein Stapel Briefe, Arbeit, die niemals abnahm, wie der Inhalt des goldenen Sacks der Kobolde aus dem Märchen, den man unablässig leeren und wieder füllen muß, tausend und abertausend Jahre lang, zur Strafe, weil man den alten Rhein dabei überrascht hatte, wie er im

Abendlicht mit den Goldfunken der Wellen spielte … Diese Köpfe, immer dieselben Köpfe um ihn herum, aufmerksame Angestellte, über ihr Pensum gebeugt … Er konnte nie begreifen, wie das für irgend jemanden der Traum eines ganzen Lebens sein konnte, dieser Platz am Fenster, dem zweitausendfünfhundert Francs Monatsgehalt entsprachen – für ihn war es wie Internat und Gefängnis zusammen.

Am Nebentisch ging Mosès, Typ junger, reicher, eleganter Israelit mit spitzer Nase in einem schmalen und blassen Gesicht, die Zahlen durch wie ein Liebender, der mit begierigem Blick den Brief seiner Geliebten verschlingt. Ob es sich darum handelte, das Protokoll der letzten Generalversammlung ins reine zu schreiben, eine Hausse des englischen Pfunds oder eine Baisse des Rohrzuckers auf dem haitianischen Markt zu notieren, Mosès erledigte seine Arbeit stets mit derselben ungeheuren Eilfertigkeit, demselben fiebrigen Interesse. Yves beneidete ihn, und er dachte daran, was sein Chef ihm eines Tages gesagt hatte – auch er ein Jude, doch vom alten Schlag, mit fast unanständig großer Nase und einem schmutziggrauen Bart; er hatte mit starkem Akzent gesprochen und seine Worte mit einer Geste seiner weichen und behaarten Hand unterstrichen:

»Mein lieber Harteloup, was Ihnen fehlt, ist ein ganz kleiner Tropfen von unserem Blut …«

Er lächelte freudlos.

›Vielleicht hatte er recht gehabt, der Alte.‹

Es machte ihm zu schaffen, daß ihn die Gedanken an die Arbeit nicht losließen; sie waren wie ein stumpfsinniger Refrain, der in einem müden Geist kreist, oder wie Fetzen eines Alptraums, die einen noch vom Schlaf benebelten Kopf bedrängen.

Nervös ließ er seine Fingergelenke knacken.

›Verdammtes Leben …‹

Dann rief er gereizt:

»Jeanne, was ist mit meinem Bad?«

Jeanne betrat mit leisen Schritten das Zimmer; sie war ein wenig schwerhörig und mußte näher herantreten, wenn man mit ihr sprach; in ihrem spitzen Mardergesicht blinzelten die leeren, müden Augen der Frau aus dem Volk.

»Monsieur haben mich gerufen?«

»Mein Bad.«

Überrascht sagte sie:

»Aber, Monsieur … Monsieur wissen doch, daß der Gasofen heute morgen kaputtgegangen ist …«

»Haben Sie niemanden gefunden, der ihn repariert?«

»Doch, Monsieur.«

»Und?«

»Der Handwerker ist nicht gekommen.«

Yves öffnete den Mund, um sie wütend zu beschimpfen – er war nicht gerade ein geduldiger Mensch –, doch der Anblick dieses ruhigen, traurigen Gesichts ließ ihn beschämt schweigen. Er begnügte sich mit einer müden Handbewegung.

»Na gut … dann machen Sie in der Küche Wasser heiß … Warum haben Sie das Feuer ausgehen lassen?«

»Ich hab's vergessen«, murmelte sie. Dann ließ sie sich schwerfällig auf die Knie nieder und blies in die feuchte Glut, die nur noch stärker zu rauchen begann. Sie bemerkte:

»Wir haben bald kein Holz mehr … Monsieur haben kein Geld dafür dagelassen.«

»Schon gut, schon gut«, sagte er barsch.

So gut es ging, behalf er sich mit zwei Krügen heißen Wassers aus der Küche; dann zog er einen Pyjama an und setzte sich an sein einsames Abendessen am Kamin; Pierrot lag schlafend zu seinen Füßen und hechelte leicht im Traum.

Zerstreut aß er sein etwas zu hart gekochtes Ei mit Sülze und trank ein Glas Montrachet dazu; Jeanne stellte es vor ihn hin mit der Bemerkung, daß es die letzte Flasche sei. Dann ging er in sein Schlafzimmer hinauf. In dem leeren Raum erinnerte das Ticken des Weckers an ein schlagendes Herz. Yves dachte daran, wie er als ganz junger Mann die Ruhe menschenleerer Räume geliebt hatte; damals hatte ihn die Einsamkeit berauscht wie ein starker bitterer Likör; heute weckte sie ein wirres Gefühl in ihm, etwas Ähnliches wie Angst; ab und zu peinigte ihn die Vorstellung, daß er mitten in der Nacht schwer krank werden könnte, keine Luft mehr bekäme, röchelnd um Hilfe riefe und niemand da wäre – Jeanne schlief im sechsten Stock. Er schämte sich seiner Feigheit; doch unwillkürlich überlief ihn ein Schauder, wenn er die Schatten beobachtete, die in den Zimmerecken und den Falten der Vorhänge immer dichter wurden. In solchen Momenten begriff er, warum Menschen heiraten … um »das« zu haben, die Gegenwart eines anderen, das Geräusch von Röcken, jemanden, dem man unwichtige Dinge erzählen konnte, jemanden, den man nicht anlächeln mußte, wenn man schlechter Stimmung war, jemanden, der da war, wenn man schwieg. Und doch – es war sonderbar … in solchen Augenblicken dachte er nie an Denise … Diese Beziehung war für ihn im Grunde nur anstrengend. Zu einer bestimmten Stunde mußte man zärtlich sein, liebevoll, leidenschaftlich; wenn er den Kopf voll hatte von tausend kleinen, alltäglichen Sorgen, die ihm zusetzten wie Mücken an einem heißen Tag, mußte er schöne Dinge sagen, lächeln, liebkosen; wenn ihm rasende Kopfschmerzen die Schläfen zusammendrückten, mußte er reden, damit Denise' Blick nicht ängstlich wurde, damit er die ewige traurige kleine Frage nicht zu hören bekam: »Was hast du? Woran denkst du? Liebst du mich nicht?« Er wollte dieser jungen und hübschen Frau, die so gut, so bezaubernd war, wie geschaffen, um zu lachen, um das Glück und die Liebe zu genießen, seine tausend armseligen Alltagssorgen nicht anvertrauen. Eine Geliebte war dazu da, einen Mann zu trösten, wenn er von einem großen romantischen Leiden sprach, dachte er, doch sie eignete sich nicht dazu, einem Mann lange und ohne Ungeduld zuzuhören, wenn er ihr nur sagen will: »Mir fehlen dreihundert Francs für die Steuer; Jeanne hat wieder mal vergessen, den Gasofen im Bad reparieren zu lassen; die Möbel sind voller Staub; der Gipürevorhang im Wohnzimmer ist zerrissen … Man sollte den Sessel neu beziehen lassen, der Stoff franst schon aus. Aber ich habe keine Zeit, mich darum zu kümmern … und keine Zeit, mir Wäsche zu kaufen, neue Socken …« Also mußte man schweigen oder von belanglosen Dingen reden, oder aber hübsche Nichtigkeiten von sich geben – es waren eigentlich keine Lügen, aber weil er soviel Kraft aufbringen mußte, sie sich auszudenken, erschöpften sie ihn ungeheuer …

›Mit ihr zusammen‹, dachte er sonderbar gereizt, ›muß man innerlich immer einen Smoking tragen. Aber das übersteigt leider meine Möglichkeiten …‹

Dann erinnerte er sich eher resigniert als erwartungsvoll daran, daß sie ihm versprochen hatte, ihn gegen zehn Uhr anzurufen. Sie würde wahrscheinlich zu ihm kommen; ihrem Mann würde sie sagen, sie gehe ins Theater oder zu einer Freundin. Er seufzte. Wie eigenartig das doch war … Wenn er wußte, daß er sie bald sehen würde, zögerte er den Moment ihres Treffens hinaus, solange es ging; es war nicht Überdruß, was er empfand … er spürte vielmehr die Abwesenheit von Verlangen; er hatte Lust, die Uhr zurückzustellen, flanierte durch die Straßen, erfand tausend Vorwände, um später kommen zu können, weil er sich ihrer Gegenwart, ihrer Zärtlichkeit, ihrer Liebe allzu sicher war. Doch es genügte, daß Denise von irgend etwas abgehalten wurde, rechtzeitig zu ihrem Treffen zu erscheinen, und er war erneut verliebt, ungeduldig und voll köstlicher Vorfreude; wenn Denise manchmal unwohl war, geriet er in Panik, quälte sich, wurde liebevoll und sanft; es tat ihm körperlich weh, wenn sie litt; er konnte sie nicht verlassen; auf einmal war sie ihm das Liebste auf der Welt. Doch am nächsten Tag war sie wieder wohlauf, und er begann erneut, sich mit seiner Liebe abzuschleppen wie mit einer schweren Last.

An diesem Abend setzte er sich an seinen Tisch und erwartete dort ihren Anruf. Er schob Pierrot zur Seite, der seine feuchte schwarze Nase hartnäckig in seine Hand steckte, und zog mit einem resignierten Seufzen einen Stapel Papiere zu sich heran – Rechnungen, Quittungen, Meldungen von Jeanne. Am Ende des Monats fehlten ihm stets einige hundert Francs; um den 20. herum zwang er sich zu einer eingehenden Prüfung seiner Finanzen, die ihm nichts anderes einbrachte als schlechte Laune, weil er sich darüber klar wurde, daß er wieder einmal gegen die von ihm selbst aufgestellten eisernen Regeln der Sparsamkeit verstoßen hatte. Mit seinem Monatsgehalt von zweitausendfünfhundert Francs schienen einige seiner Kollegen, die verheiratet waren und Kinder hatten, auf das beste leben zu können. Aber Yves war vom 1. bis zum 30. knapp bei Kasse. Der Grund dafür war ihm allerdings wohlbekannt, er wußte, daß kostspielige Gewohnheiten – zum Beispiel morgendliche Taxifahrten, um nicht zu spät ins Büro zu kommen, erstklassige Zigaretten, teure Kleidung, zu häufige und zu großzügige Trinkgelder – sein Budget über Gebühr belasteten; er wußte es und hatte doch nicht die Kraft, sich dieser Gewohnheiten zu entledigen. Er zog es vor, die notwendigen Dinge den überflüssigen zu opfern, und litt gleichzeitig darunter; er war kein Bohemien; er war nicht mehr jung genug, um in den Tag hinein leben zu können; nur die Zähne eines Zwanzigjährigen nagen mit Vergnügen an einem Stück trockenem Brot.

Er seufzte, schob die Papiere zurück und legte den Kopf in die Hände. Es war bereits nach zehn Uhr. Denise würde bestimmt nicht mehr anrufen, und das erleichterte ihn eher, als daß es ihn enttäuschte. Hinter ihm beleuchtete die Lampe das Bett mit der zurückgeschlagenen Decke, dem weißen Laken; genußvoll stellte er sich das frische Leinen vor, das weiche Kopfkissen, die Erholung, die ein einsamer Schlaf brachte, die Ruhe, den Frieden. Ach, wie gut es wäre, sich dort auszustrecken und die schwere Decke über sich zu ziehen, die aus grünem Satin war, mit goldenen Bienen bestickt … sie hatte einem Großonkel von ihm gehört, der unter Napoleon Senator gewesen war … Er würde sich eine Zigarette anzünden und sich auf dem ovalen Nachttischchen mit Intarsien aus Perlmutt und Schildpatt eines seiner Lieblingsbücher auswählen, ein Buch mit altem Ledereinband, tausendmal gelesen … Er würde ein wenig darin lesen, dann die Lampe ausknipsen, sich zur Wand drehen … einschlafen … Seine schweren Lider schmerzten … Er riß die Augen auf, wie es Kinder tun, die nicht schlafen gehen wollen. Das Telefon klingelte. Er nahm den Hörer ab. Es war Denise.

»Yves, mein Liebster, können Sie nicht in einer Stunde zu uns ins Perroquet kommen? Bitte!«

»Aber Sie wissen doch …«, begann er.

Sie sagte mit einem armen dünnen Stimmchen, ganz demütig: »Oh, ich bitte Sie, Yves, kommen Sie«, so daß er Mitleid bekam und sich gleichzeitig ein wenig schämte.

›Es stimmt ja, man könnte glauben, daß ich ein alter Tattergreis bin‹, dachte er; und resigniert sagte er:

»Na gut … Bis gleich, Denise …«

Pierrot beobachtete ihn schwanzwedelnd; dann wandten sich seine goldenen Augen bittend zum Bett; er schien zu fragen: ›Was ist denn los? Warum gehst du nicht schlafen? Es ist doch schon so spät … Wir löschen das Licht; ich lege mich auf meinen Lieblingsplatz am Feuer, auf dieses alte Fell, das einen so hinreißenden Moschusgeruch verströmt – du nimmst das allerdings nicht wahr, du Mensch, unvollkommenes Wesen … Der Widerschein der Flammen ist noch einmal zuckend an der Decke zu sehen, bevor er erstirbt, und ich wache über dich, während du schläfst... Nur wir zwei, ganz friedlich...‹ Doch Yves irrte mit vor Müdigkeit brennenden Augen durch die kalte Wohnung, um zwischen schattenhaften Sesseln und in dunklen Schränken seine Kleider zusammenzusammeln, Frack, Seidenstrümpfe, gestärkte Hemdbrust und seinen langen weißen, mit schwarzen Initialen bestickten Seidenschal, den Jeanne hartnäckig jede Woche woanders hinlegte.

17

Im Perroquet waren auf roten Samtsofas versammelt: die Jessaints, Yves, Madame Franchevielle und Jessaints englische Freunde Mr und Mrs Clarkes, er lebhaft, mager und rothaarig, sie lang und flachbrüstig, mit den muskulösen, gut durchbluteten Armen der Tennisspielerin, feinem, weichem, schon grau werdendem blondem Haar, brüsken Bewegungen und einer hohen Vogelstimme.

Sie waren auf der Durchreise; am Vortag aus London eingetroffen, bestaunten sie das Perroquet mit der Naivität jener Ausländer, die in ihrer kopflosen Bewunderung Louvre, Notre-Dame und Pigalle miteinander verwechseln.

Das Perroquet war an diesem Abend brechend voll. Es war hübsch anzusehen: Der Raum war größer als der von normalen Lokalen, gut belüftet und mit hoher Decke, und die Frauen – es war noch relativ früh – bewegten sich mehr oder weniger ungezwungen hin und her. An den Wänden stellten Papageien ihr buntes Gefieder zur Schau. Die Frauen schienen wunderschön zu sein ... doch nur aus der Entfernung, eigentlich nur aus sehr weiter Entfernung; wenn man ihnen nahe kam, stellte man verblüfft fest, daß sie mit wenigen Ausnahmen häßlich waren, welk unter ihrer Schminke. Ihre gemarterten Füße steckten in viel zu engen Schuhen, ihr Rücken war fett, ihre Arme rot – trotz der dicken Puderschicht, die sie bedeckte. Mit einer Art bitterem Vergnügen folgte Yves ihnen lange mit dem Blick, wenn sie in ihren kaum knielangen Kleidern tanzten, mit diesen knabenhaften Frisuren, und ihm unvermittelt und arglos ihre lügenhaften Altfrauengesichter zuwandten. Am Nebentisch kokettierte eine Amerikanerin unbestimmbaren Alters, mit den spitz herausragenden Schultern eines Gerippes und Perlenschnüren, die in den Wülsten ihres Nackens verschwanden, mit einer Puppe im Pierrotkostüm, die sie in den Armen wiegte; unter Puder und Make-up traten ihre geschwollenen Augensäcke auf monströse Weise hervor … Eine andere, die mit ihrem großen Kopf und dem zwergenhaften Körper an eine Kröte erinnerte, war eingehüllt in ein herrliches faltenreiches Gewand und betrachtete mit dem zärtlichen Blick eines menschenfressenden Ungeheuers ein armes junges, vor Verblüffung stumm gewordenes Ding, das sie mit tentakelhaften Armen umschlang … Yves haßte sie alle, ohne sie zu kennen, erbittert und aus tiefstem Herzen.

Außerdem ärgerte, langweilte, reizte ihn alles an diesem Abend – die schrille Musik der Jazzbands, das konvulsivische Gelächter des schwarzen Sängers, die spitzen Schreie, das Getue der alten Weiber in kurzen Röcken, all die idiotischen Albernheiten, die gewollte Fröhlichkeit, alles, bis hin zu Denise – sorglos, heiter, luxuriös, mit ihren silbernen Schuhen, ihrem weißen Kleid, das im Licht schimmerte; sie amüsierte sich, sie lachte, während er bei ihr saß, wütend, traurig und verkrampft, und trank, ohne durstig zu sein, lachte, ohne froh zu sein, sich bemühte, höflich und freundlich zu sein trotz seines heftigen geheimen Wunsches, sie alle zum Teufel zu schicken! … Unter dem Tischtuch spürte er Denise' schmales Bein, das das seine suchte; er berührte es leicht und zerstreut, während er nervös verfolgte, wie sich in rascher Folge die Champagnerflaschen auf dem Tisch ansammelten.

Mit einem unangenehmen kleinen Schauder sah er den unvermeidlichen Moment voraus, in dem er Jessaint oder Mr Clarkes leise und in gleichgültigem Ton fragen mußte: »Wieviel schulde ich Ihnen, lieber Freund?« Die höfliche Abwehr, sein Insistieren, dann, lässig hingeworfen, die Antwort – eine Zahl, die ein Viertel seines monatlichen Einkommens ausmachen würde –, das Öffnen des Portemonnaies, mit einem Lächeln, einige Hundertfrancscheine, dem Oberkellner in die Hand gedrückt, betont ungezwungen dann das Anzünden der nächsten Zigarette ... In einem Monat war es bereits das fünfte Mal, daß er an so einer kleinen Feier teilnahm ...

Die Puppenverkäuferin kam an ihren Tisch und bot ihnen aus ihrem Bauchladen kleine Herren und Damen aus Stoff an, in den Kostümen der italienischen Komödie oder nach spanischer Mode gekleidet, in Abendroben aus Samt und Seide. Mrs Clarkes, Madame Franchevielle und Denise streckten die Hände danach aus – diese Spielzeuge für große Kinder fanden reißenden Absatz. Jessaint kaufte drei.

Denise wandte sich an Yves und rief, ohne nachzudenken:

»Oh, kaufen Sie doch eine für Francette!«

Ohne mit der Wimper zu zucken, griff Yves nach seiner Brieftasche. Da änderte sie ihre Meinung, wurde rot, wollte verhindern, daß er zahlte, stammelte unsicher ein paar Worte, während er der Verkäuferin zwei Hundertfrancscheine in die Hand drückte und auf das Wechselgeld verzichtete. Dann überreichte er die Puppe lächelnd Denise; doch sie kannte dieses kalte, gezwungene Lächeln zu gut, das er aufsetzte, wenn er schlechter Stimmung war, diesen harten Blick, diese eigensinnige, böse und traurige Miene. Sie begriff, daß sie seinen Stolz verletzt hatte, ihn auf die ungeschickteste Weise an seine Armut erinnert hatte. (Als wäre nicht sein ganzes Leben davon belastet!) Aber es war nicht ihre Schuld – sie hatte ganz impulsiv gehandelt; der Gedanke lag ihr einfach zu fern, daß zwei armselige Hundertfrancscheine für irgend jemanden eine bedeutende Summe darstellen könnten ... Und dennoch wollte sie sich die Zunge abbeißen ... Sie machte sich klein, war voller Unterwürfigkeit; aber sie bemerkte sogleich, daß ihn ihre Demut nur noch mehr aufregte; da spielte sie die Kokette, sprach leise mit ihm, warf ihm unter halbgeschlossenen Lidern Blicke zu – worauf er mit steifer Höflichkeit reagierte.

Nach und nach schienen ihre Fröhlichkeit, ihr Schwung unmerklich ins Qualvolle zu kippen. Es war immer so. Zuerst war sie glücklich, sich mit ihm zusammen zeigen zu können, denn durch die Eleganz seiner Erscheinung erregte er bei allen Frauen Bewunderung. Sie war glücklich, sich, erfüllt von einem geheimen und leidenschaftlichen Stolz, immer wieder sagen zu können: »Er gehört mir ... mir allein ...«; doch dann wurde ihr Herz allmählich schwer, und sie fühlte sich von einem vagen Unwohlsein bedrückt, der Lärm störte sie, und sie hatte keine Lust mehr zu tanzen ... Sie war oft so unglücklich, daß sie bittere Tränen hinunterschlucken mußte, die sie zu ersticken drohten. Wie gern hätte sie seinem Gesicht die zurückgedrängte Zärtlichkeit, das mühsam bezwungene Verlangen abgelesen ... Andere waren zusammen, fühlten, daß sie zueinander gehörten, mitten in der Menge ... Und sie waren so weit, oh, so weit voneinander entfernt ... Stets war es so, daß die Anwesenheit von anderen jene so kostbare Illusion von Vertrautheit zerstörte ... jene Intimität, fein und selten wie alte Spitze ...

War es ihre Schuld oder seine? Sie wußte es nicht und senkte verwirrt den Kopf.

Um sie herum ertönte die wilde und traurige Musik der Neger, ein Auflachen, das gleichzeitig ein Weinen war ... ›Das Weinen der Clowns‹, dachte Denise ... In manchen Momenten zerriß ihr das ohrenbetäubende Tamtam der großen Trommel, auf die ein Neger mit strahlend weißen Zähnen einschlug, das Herz auf eine barbarische Art, viel grausamer, als eine virtuos beherrschte Bogenführung es vermochte ... Nach und nach veränderte sich die Szene; die Frauen vergaßen, ihre Frisuren in Ordnung zu bringen, ihre glänzenden Nasen, ihre schweißbedeckten Wangen zu pudern; in den schmal gewordenen Augen der Männer erschien eine kleine Flamme; und die grau aussehenden Paare tanzten nicht mehr, sondern traten auf der Stelle und rieben dabei ihre erregten Körper aneinander. Eine vage und stumpfe Freudlosigkeit lag über dieser Welt. Madame Franchevielle rauchte, einen Ellbogen auf den Tisch gestützt, ohne auf die bunten Kugeln zu achten, die die vorbeigehenden Männer ihr zuwarfen. Mrs Clarkes und Jessaint sprachen über Golf, Hockey und Polo. Yves schwieg und rührte nachdenklich mit dem Champagnerlöffel in seinem Glas. Nur der schon ziemlich betrunkene Clarkes amüsierte sich nach Kräften; er hatte sich ein Hütchen aus rosarotem Papier aufgesetzt und begann, mit stark gerötetem Gesicht und in seinem komischen falschen Französisch, mit naiven Worten, die sein plötzliches brutales Verlangen nur unvollkommen verbargen, Denise den Hof zu machen. Sie ließ ihn reden und hörte kaum zu; insgeheim wünschte sie ihm den Tod. Die Musik hörte nicht auf, die Tänzer wiegten sich immer noch auf der Stelle, im Licht der Lampen glitzerte der Schmuck der Frauen.

»Hübsch, dieser ganze Luxus«, sagte Jessaint, der keinen ganz sicheren Geschmack besaß.

Er wandte sich an Yves.

Dieser erwiderte barsch:

»Nein, verwerflich und töricht.«

Dann besann er sich und lächelte angestrengt. Früher fand er das alles natürlich und liebenswert, früher, als er noch seinen Teil zu den Festlichkeiten beitragen konnte. Heute spielte er den Moralapostel … Aber es war kein Spiel, dachte er … Tatsächlich gab es in seinem Innersten eine Art Ekel, einen bitteren Überdruß, seit einigen Jahren schon – seit dem Krieg? … Dieses Gefühl meldete sich immer wieder … ›Wie ein schäbiger Weltschmerz, ganz ohne romantische Phrasen‹, sagte er sich.

Unterdessen hatte an seinem Tisch eine Debatte begonnen. Die Clarkes wollten die Nacht am Montmartre beenden und dann noch die Halles besuchen. Man beschloß, zunächst ein russisches Nachtlokal aufzusuchen.

»Kommen Sie mit?« wandte sich Denise leise an Yves.

Er biß sich auf die Lippen, während ihm mit ungewöhnlicher Klarheit Zahlen vor Augen traten.

Sein Portemonnaie war vollkommen leer. Er schüttelte den Kopf.

»Denise, ich habe schreckliche Kopfschmerzen …«

Sie begann, in ihn zu dringen: Wenn er sie jetzt in dieser beleidigten, wortlosen Stimmung verließ, wenn sie bis zum nächsten Tag seine kalten Blicke, seine griesgrämigen Antworten im Gedächtnis behalten müßte! Es würde ihre Kräfte übersteigen … Sie erblaßte.

»Ich bitte Sie, ich bitte Sie …«

»Ach«, murmelte er dumpf. Er war gereizt, verkrampft. Sie fragte sich, ob er durch Clarkes' aufdringliche Annäherungsversuche womöglich eifersüchtig geworden sei.

Sie sagte:

»Die Anzüglichkeiten dieses dummen Menschen haben Ihnen doch nichts ausgemacht?«

Er war versucht zu lachen.

»Aber nein, lieber Gott …«

Die Verachtung in seiner Stimme verletzte sie wie eine Ohrfeige. Sie wurde rot.

»Dann kommen Sie eben nicht mit … Eigentlich ist es mir lieber so … Sie verderben mir jeden Spaß …«

Ihre Stimme wurde heiser, sie mußte die Tränen unterdrücken. Mit einer eisigen Geste der Entschuldigung verbeugte er sich vor ihr:

»So war es nicht gemeint … Ich bedaure zutiefst …«

Sie gingen; draußen prasselte dichter Regen auf den Asphalt; heftige Windstöße ließen die Flämmchen in den Gaslaternen flackern.

»Sollen wir Sie zu Hause absetzen?« fragte Jessaint, als das Auto vorfuhr, schwarz, schimmernd und elegant; der Regen ließ es noch mehr glänzen.

Yves hatte in Jessaints Stimme einen Ton entdeckt, der sich verdächtig nach Mitleid anhörte, und hatte gute Lust, nein zu sagen. Doch dann warf er einen Blick auf seine Lackschuhe und sah sich, durchnäßt und durchfroren, eine lächerliche Figur, in seinem eleganten Cape und mit seinem Seidenhut im Regen hin und her laufen auf der Suche nach einem Taxi und gab sich geschlagen.

Als man ihn bis vor seine Haustür gebracht hatte und das Auto in Richtung Place Pigalle weiterfuhr, fragte Clarkes:

»Warum ist Monsieur Harteloup nicht mitgekommen?«

Jessaint zuckte die Achseln; er verstand sehr wohl, was seine Frau als verwöhntes Mädchen nur mit Mühe einsah.

»Er ist blank, der arme Kerl«, sagte er mit einem kleinen selbstgefälligen Lachen, dem Lachen des selbstsicheren reichen Mannes, der mit sich und seinem Reichtum zufrieden ist. »Wie schade, daß er so stolz ist. Und auch nicht gerade sehr schlau. Er hätte durchaus begreifen können, daß wir ihn schon nicht hätten zahlen lassen ...«

Denise sagte plötzlich, daß sie frische Luft brauche, kurbelte das Fenster herunter und beugte sich nach draußen, ohne sich um den Regen zu kümmern, mit ihrem roten, glühenden Gesicht. Sie haßte ihren Mann für das Mitleid, das er ihrem Geliebten gegenüber an den Tag legte. Ihre Hände krampften sich nervös um das Diamantencollier an ihrem Hals; unvermittelt ließ das Licht einer elektrischen Lampe das Wageninnere aufleuchten, und die Diamanten blitzten aus der Öffnung ihres Mantels heraus. Sie biß die Zähne zusammen. Sie wollte sich all diese Steine vom Hals reißen, sie Yves zuwerfen und ihm sagen: »Nimm sie, aber lächle …« Aber konnte man das Glück kaufen?

Sie war zornig auf ihn und schämte sich gleichzeitig dafür, aber das änderte nichts an ihrem Zorn. Warum war er nicht der Schönste, der Beste und der Reichste? Er war ein Mann, er war der Mann, den sie liebte; sie brauchte das Gefühl, ihn zu bewundern, zu respektieren, und ebensosehr wollte sie, daß andere ihn bewunderten und respektierten … Und nun bedauerte man ihn. Sie konnte nicht aufhören, sich die Lippen zu zerbeißen.

Jessaint fragte sie mit liebevoller Besorgnis:

»Was haben Sie, Denise, warum sind Sie so blaß?«

Dabei nahm er ihre Hand.

»Ach, lassen Sie mich«, rief sie fast haßerfüllt.

Verblüfft und erschrocken wich er zurück. Da schlug sie ihren Mantelkragen hoch, als wäre ihr kalt, und verbarg ihr Gesicht; voller Angst spürte sie, daß ihr die Tränen aus den Augen stürzten und über die Wangen rannen bis zu den Mundwinkeln, wo sie einen bitteren Geschmack hinterließen; sie zitterte bei der Vorstellung, daß sie in ein paar Minuten ans Licht treten mußte, mit ihren geröteten Augen und der perlmuttfarbenen Spur der Tränen auf ihren gepuderten Wangen. Und dann konnte sie nicht mehr aufhören; unaufhörlich flossen die Tränen und verschwanden zwischen den Diamanten im Ausschnitt ihres Seidenkleids.

18

Nein, so kann ich mich nicht sehen lassen ...«, sagte Denise an diesem Morgen.

Sie lag noch im Bett, es war noch nicht neun Uhr. Sie hatte ihren Spiegel in der Hand und musterte sich lange mit jenem ängstlichen Blick, wie er alternden oder unglücklichen Frauen zu eigen ist. Nein, es war wirklich unmöglich: Nachdenklich strich sie mit dem Finger über eine hinterhältige kleine Vertiefung am linken Mundwinkel, noch keine Falte, aber ebensowenig ein Grübchen ... eine unschlüssige Spur, beunruhigend wie eine diskrete Warnung ...

Wieder einmal hatte sie eine schlechte Nacht gehabt, in der sie die Schwerkraft fast körperlich gespürt hatte – dort, in der Brust –, und dann diese bösen, beunruhigenden Träume, in denen ihr Geliebter ihr entrissen wurde und sie vergeblich um ihn weinte. Sie seufzte. Wie weit entfernt sie nun waren, die strahlenden Vormittage von Hendaye am Anfang ihrer Liebe! Mit einem warmen Gefühl erinnerte sie sich sogar an die ruhigen Tage von damals, an die Abwesenheit von Kummer, die als Glück durchgehen konnte und wie die Verlängerung des Friedens ihrer Kindheit gewesen war. Heute hatte sie sich – freiwillig oder nicht – ihrem Mann, ihrer Tochter, ihren Freunden entfremdet ... Mit Entsetzen wurde sie gewahr, daß sie eigentlich niemanden mehr auf der Welt – auf der ganzen Welt! – hatte außer Yves. Vielleicht klammerte sie sich deshalb so verzweifelt an ihn. Die Liebe, die der Angst vor Einsamkeit entstammt, ist traurig und unerbittlich wie der Tod. Ihr Verlangen nach Yves, nach seiner Gegenwart, seinen Worten, war zu einer trübseligen Manie geworden. Wenn sie nicht mit ihm zusammen war, quälte sie ihren Geist mit den Gedanken daran, was er wohl gerade tat, wo er sich aufhielt, mit wem er zusammen war. Wenn sie in seinen Armen lag, war die Angst vor dem nächsten Morgen so stark, daß sie nach und nach ihre Freude vergiftete. Wenn er sie liebkoste, blieb in ihrem Innersten immer das Bewußtsein der Zeit lebendig, die verstrich; vielleicht war dies die letzte Stunde, die sie mit ihm verbrachte? – Und sie ging so schnell, so schnell vorbei ... Zuweilen geschah es, daß sie sich, wenn es sieben Uhr schlug, auf eine Weise an ihn klammerte, als wäre sie am Ertrinken, und sie war so bleich und zitterte dermaßen, daß er erschrak. Und wenn sie versuchte, es ihm zu erklären, streichelte er ihr die Stirn wie einem kranken Kind und sagte seufzend: »Armes Mädchen ...« Doch er war nicht fähig, dieses weibliche Bedürfnis nach Sicherheit zu begreifen, dieses frenetische Verlangen nach seiner Anwesenheit und diese tiefe Angst davor, ihn zu verlieren, als könnte ohne ihn nichts mehr auf der Welt existieren. Doch selbst jene Minuten herzhaften Leidens waren selten. Im wesentlichen beschränkte sich ihre Beziehung, wie die von drei Vierteln aller illegitimen Paare in Paris, auf kurze Begegnungen zwischen sechs und sieben Uhr abends, wenn Yves aus dem Büro kam, auf unbedeutende Wortwechsel und einige hastige Liebkosungen … Der Samstagnachmittag bestand aus Liebesgesten, Schweigen, der abscheulichen und alles beanspruchenden Maske des Mannes, der seine Geliebte nimmt, wie man ein Glas Wein trinkt … Es war wenig, so wenig … Monotonie, Überdruß, Sorgen, Traurigkeit, durchsetzt von scharfem Schmerz, und dann wieder Überdruß, Sorgen … wenig, so wenig Freude … In tiefer Niedergeschlagenheit senkte sie den Kopf … Im letzten Sommer hatte Francette sich am Strand manchmal damit vergnügt, ihre Hände ins Meer zu tauchen, um ein wenig Schaum herauszuholen; sie bemühte sich mit aller Kraft, ihre Handflächen aneinanderzuhalten, und schrie vor Vergnügen; dann lief sie, so schnell ihre kleinen Beine es erlaubten, zu Denise; doch wenn sie die Hände voneinander löste, war nur noch ein wenig Wasser darin … Da begann sie zu weinen, das arme Kind … Und schließlich lief sie von neuem los … Das war die Liebe.

Es war ein Junimorgen, von hellem Sonnenschein bestäubt. Um den blauen Himmel, das frische Laub der Bäume, das Licht dieses schönen Tages nicht sehen zu müssen, das sie kränkte in ihrem Leid, drückte sie die Stirn in das dunkle, heiße Kopfkissen. Doch ein leises Klopfen an ihrer Tür ließ sie auffahren.

»Wer ist da?« rief sie.

Die ruhige Stimme ihrer Mutter antwortete:

»Ich bin's, mein liebes Kind.«

Denise versuchte in aller Eile, ihre Miene wieder alltäglich aussehen zu lassen, und lief zur Tür. Auf der Schwelle stand Madame Franchevielle, perfekt geschminkt, parfümiert und ausgeschlafen.

»Du bist noch im Bett, Faulpelz! Ich wollte dich fragen, ob du mit mir zu Mittag ißt …«, sagte sie lächelnd.

Denise, die nicht darauf erpicht war, sich dem durchdringenden Blick ihrer Mutter auszusetzen, stammelte:

»Das ist eine wunderbare Idee, aber … Ich war gerade dabei, mich anzuziehen, ich habe schon eine Verabredung und … entschuldigen Sie, Maman …«

Sie stand ihrer Mutter im Pyjama und barfuß gegenüber und strich mechanisch immer wieder eine schwarze Haarsträhne zurück, die ihr in die Stirn fiel. Sie war sehr blaß und zitterte ein wenig.

Madame Franchevielle sah ihre Tochter scharf an und fragte in lebhaftem Ton:

»Du bist doch nicht krank?«

»Aber nein … ganz und gar nicht …«

Ihre leise Stimme klang entsetzlich müde.

Madame Franchevielle umfaßte ihr Gesicht mit beiden Händen.

»Denise, was ist los?«

Denise schüttelte den Kopf und preßte dabei die Lippen aufeinander, um nicht in Tränen auszubrechen. Madame Franchevielle streichelte ihr sanft über den Kopf.

»Mein liebes Kind, du leidest doch?«

Keine Antwort. Da sagte sie mit kalkulierter Schroffheit, den Blick fest auf ihre Tochter gerichtet:

»Yves betrügt dich?«

Doch Denise widersprach ihr nicht einmal mehr. Ein kleines trauriges Lächeln ließ ihre Lippen beben.

»Sie glauben, ich bin schockiert, Maman? Ich weiß, daß Sie klug sind, vielleicht zu klug … Und außerdem mache ich mir kaum noch die Mühe, es geheimzuhalten, fürchte ich …«

»Er betrügt dich also nicht?« wiederholte die Mutter beharrlich.

»Nein.«

»Liebt er dich?«

»Ach, das …«

Ihre Stimme wurde rauh. Sie hob bittend die Hand.

»Maman, lassen Sie mich, lassen Sie mich, Sie können mir ja doch nicht helfen …«

Sie stand jetzt am Fenster, mit dem Rücken zu ihrer Mutter, und legte ihre heißen Lippen an das Glas. Doch zwei liebevolle Arme umschlangen sie.

»Denise, hast du denn kein Vertrauen mehr zu deiner Mutter?«

Mit diesem kleinen Satz streichelte sie ihr zärtlich über den Kopf, wie sie es vielleicht auch bei einem jungen widerspenstigen Hund getan hätte. So war Madame Franchevielle früher, als Denise klein gewesen war, und selbst später noch mit all den Launen und Sorgen ihrer Tochter fertig geworden. Und auch dieses Mal gab Denise nach und erzählte ihr alles … Ihre Sorgen, die Höllenqualen, die sie in ihrer tiefen Ungewißheit auszustehen hatte, und vor allem der Kampf mit jenen scheinbar grundlosen Rückzügen, jenen unerklärlichen Schatten, die den Himmel ihrer Liebe verdüsterten wie leichte Wölkchen, die im Sommer über dem Meer aufsteigen, über den ganzen Horizont ziehen und am Ende die Sonne verdecken …

»Du glaubst, daß er dich nicht liebt?« fragte Madame Franchevielle vorsichtig und indem sie die Schärfe in ihrer Stimme zu mildern suchte.

»Ich weiß nicht … ich habe Angst …«

»Aber du – du bist sicher, ihn zu lieben?«

Denise rief empört aus:

»Was sagen Sie da, Maman? Ich gebe ihm alles … mein ganzes Leben … all meine Gedanken … und noch mehr … Wissen Sie, wenn ich aufwache, bevor ich mir der Dinge um mich herum überhaupt bewußt werde, spüre ich es wie einen Stich in meinem Innern … wie Francette, als ich mit ihr schwanger war … und es ist wie damals, so schmerzhaft und so wunderbar … Es ist, als würde ich meine Liebe in mir tragen wie ein Kind … Sie können sich das nicht vorstellen, Maman …«

»Ich weiß, meine Kleine, ich weiß …«

»Wenn ich ihn nicht sehe, lebe ich nicht … nein, das kann man nicht leben nennen … ich überstehe irgendwie die Zeit, die nutzlosen Stunden … Sie können sich das nicht vorstellen …«

»Doch, meine arme kleine Denise, doch, das kann ich …«

Jetzt senkte Denise die Stimme, um zu fragen:

»Sie können das? Haben Sie jemals … geliebt, Maman? Dann erklären Sie es mir … Warum bin ich so unglücklich? Ich habe einen gutaussehenden, jungen, treuen Liebhaber, wie aus einem Traum … Und doch leide ich … Sehen Sie mich an. Ich bin häßlich geworden, das weiß ich. Warum? Ist die Liebe das Übel, oder erfinde ich Ungeheuer, wie Francette, wenn sie sich selbst Märchen erzählt von bösen Hexen, um sich Angst zu machen, wie sie sagt?«

Madame Franchevielle schüttelte nachdenklich den Kopf.

»Ich glaube, deine Krankheit hat einen Namen: Egoismus …«

»Er ist egoistisch …?«

»Du auch.«

Denise fuhr auf, aber sie blieb stumm.

»Hör mir zu, meine Kleine, ohne dich gleich aufzuregen. Du wirst sehen, daß ich recht habe. Stell dir doch nur vor, wie verschieden ihr seid, wenn ihr zu euren Treffen kommt. Du hast den ganzen Tag keine andere Sorge gehabt als die, ein Kleid auswählen zu müssen, das ihm gefällt, und er ist mit tausend Dingen beschäftigt gewesen, ist müde, gereizt, nervös … Er hat den ganzen Tag seine liebe Mühe damit gehabt, sein tägliches Brot zu verdienen … Weißt du überhaupt, was das bedeutet, verwöhntes Kind, das du bist? Und du wunderst dich über eure Unstimmigkeiten! Egoistin … Ach, mein Liebes! Die Liebe ist ein Gefühl, das nur im Luxus gedeiht …«

Denise dachte nach. Nervös verschränkte sie ihre Hände und löste sie wieder voneinander. Endlich sagte sie:

»Dasselbe habe ich ja selbst schon so oft gedacht, Maman … Und doch, warten Sie … Mein Dienstmädchen hat einen Liebhaber, einen Mechaniker. Er arbeitet den ganzen Tag, noch härter als Yves; aber abends kommt er zu ihr, in ihr Zimmer im sechsten Stock, und sie sind glücklich … Und die anderen, so viele andere, alle Männer! Mein Ehemann, unsere Freunde, alle! Die Zeiten der reichen Lebemänner, die Frauen und Krawatten sammelten und sonst nichts taten, sind doch längst vorbei. Nichts tun! Da würden sie Hungers sterben, diese Traumprinzen!«

»Ja, und deshalb arbeiten sie, und einige von ihnen sind sehr unglücklich dabei. Harteloup wird sich nie daran gewöhnen können, jeden Tag um halb acht aufzustehen, an der nächsten Kreuzung auf den Bus zu warten, auch wenn es regnet, und im übrigen rechnen zu müssen, sparen zu müssen, gehorchen zu müssen ... Es ist nicht seine Schuld. Du sagst: die anderen. Meinst du deinen Mann? Du betrügst ihn ja ... Yves kommt dir gemein vor ... Er ist vielleicht wirklich gemein. Aber er ist nun einmal der Mann, den du liebst.«

Denise hörte nicht länger zu. Mit einem sanften Kopfschütteln sagte sie leise:

»Meine Liebe ist für ihn wahrscheinlich so etwas wie ein wiedergefundener Luxus ...«

»Wer weiß? Vielleicht bringt sie ihn gerade deshalb in Verlegenheit. Wie ein armer Gast, der in einem luxuriösen Zimmer untergebracht ist. Und außerdem verlangt ihr so verschiedenartige Dinge von der Liebe! Dein Leben ist immer so ruhig, so ungestört, so gleichförmig gewesen ... Natürlich brauchst du deshalb die aufregende Liebe, überschwengliche Freuden und neuartige Leiden – und du brauchst Worte, immer wieder Worte, Worte ...«

»Und er, was braucht er?«

»Ganz einfach Ruhe, Erholung ...«

»Maman, was soll ich tun?«

»Was du tun sollst? Ihn vielleicht weniger lieben. Das Übermaß an Liebe zeugt von großer Unbeholfenheit, manchmal ist es ein Unglück ... Meine arme Tochter ... Wie hart das ist, nicht? Und schwer zu verstehen ... Das ist das Leben ... Das Leben wird dich lehren, wie es mich gelehrt hat … Ein Mann will nicht zu sehr geliebt werden, weißt du … Ich sage dir jetzt, wem ich diese Erkenntnis verdanke, wann ich sie zum ersten Mal hatte … Dein armer kleiner Bruder, der tot ist … Erinnerst du dich noch an ihn, Denise?«

»Ich war so klein … Sie haben ihn sehr geliebt.«

»Ich habe ihn über alles geliebt, Denise, wie eine Mutter nur einen Sohn lieben kann … Dieses Staunen über den kleinen Mann, den man hervorgebracht hat … Das kannst du nicht verstehen. Es war mein Erstgeborener, mein Sohn … Er war so schön … Ich war wahnsinnig vor Liebe … Ich habe ihn die ganze Zeit abgeküßt, mit ihm geschmust, ihn mit Zärtlichkeiten überschüttet … Eines Tages … er war zweieinhalb, der arme Engel, und drei Monate später sollte er sterben … Als ich ihn wieder einmal so fest umarmte, schob er mich mit seinen kleinen Händen weg … ›Maman, du hast mich zu sehr lieb, ich kann nicht mehr atmen …‹ Er war schon ein Mann …«

Denise schwieg. Dann sagte sie mühsam, mit einem kleinen harten und freudlosen Lächeln:

»Alles, was Sie sagen … Wissen Sie, auf welche Idee mich das bringt? Das Vernünftigste wäre eigentlich, wenn ich Yves betrügen würde, weil ich weder die Kraft habe, auf ihn zu verzichten, noch, ihn weniger zu lieben … Diese Liebe, die ihm die Luft zum Atmen nimmt, wie Sie sagen – wenn ich sie auf zwei Männer verteilte, hätte sie genau das richtige Maß … Das ist komisch, es ist absurd, aber es ist so …«

Madame Franchevielle schüttelte den Kopf.

»Ich kannte einmal eine Frau«, sagte sie leise, den Blick

in die Ferne gerichtet, »eine Frau, die ihren Geliebten so liebte wie du deinen, wie eine Wahnsinnige, eine Unglückselige … Sie quälte ihn mit ihren Liebkosungen, mit ihren ständigen Sorgen, ihrer Eifersucht … Und da sie ihm wirklich alles gab, ihr ganzes Herz, ihr ganzes Leben, kam es ihr vor, als würde sie von ihm nichts bekommen. Weißt du, in der Liebe ist es ja oft so, daß beide sich vorstellen, einen schlechten Tausch gemacht zu haben, nicht genug zu bekommen … Sie vergessen den lachenden Dritten, die Liebe selbst … Schließlich leiden sie beide … Eines Tages …«

»Eines Tages?«

»Also, eines Tages lachte sich die Frau einen Freund an, wie ein Spielzeug, zum Zeitvertreib. Keinen Liebhaber. Die Vorstellung der körperlichen Untreue war ihr unerträglich. Einen Freund also. Und sie spielte damit, ihn in sich verliebt zu machen. Sie machte das eher widerstrebend, wollte nicht mehr als sich an einem Unschuldigen abreagieren, und dann fand sie immer mehr Gefallen daran … Sie wurde wieder schön. Eine glückliche Liebe macht die Frauen schön. Ihr Geliebter merkte es und zeigte es ihr. Da sie sich schuldig fühlte, wurde sie ihm gegenüber nachsichtiger und dann, nach und nach, etwas gleichgültiger, während er glücklicher wurde … Das ist es … das ist alles …«

Denise hatte den Kopf gehoben.

»Wo ist diese Frau jetzt, Maman?«

»Oh, sehr weit weg, meine Kleine, sehr weit …«

»Ist sie … ist sie immer noch glücklich?«

»So glücklich, wie es nur möglich ist … Sie hat die Lektion gelernt, die das Leben ihr erteilte: sehr wenig zu geben und noch weniger zu fordern …«

»Und sie hat nie mit Bedauern an die Zeit zurückgedacht, in der sie ein ungeschicktes und verliebtes Mädchen gewesen ist? Sie hat ihrem Leiden nie nachgetrauert?«

Madame Franchevielle schwieg. Ihr Blick war verschleiert. Dann stieß sie einen leisen Seufzer aus, zögerte einen Moment und gab mit fester Stimme zur Antwort:

»Nein, niemals.«

19

Gegen Ende Juni plagten Yves große Sorgen: Er hatte sich verschuldet, und in der Hoffnung, wieder Boden unter den Füßen zu gewinnen, spekulierte er auf Anraten seines Bürokollegen Mosès an der Börse. Es war ihm schleierhaft, wie die gleichen Operationen, die dem jungen Israeliten in zwei Wochen mehrere tausend Francs einbrachten, ihm selbst Verluste etwa in der gleichen Höhe bescherten. Er suchte sein Heil bei Wucherern, was seine Lage nur noch verworrener machte, und tat schließlich, was er schon am Anfang hätte tun sollen: In einem Brief an Vendômois erzählte er ihm alles und bat ihn um Hilfe.

Er durchlebte schwarze Tage. Ruhelos und von Sorgen gequält, befand er sich im Zustand jener kranken Hunde, die sich in irgendeinen dunklen Winkel zurückziehen, um zu sterben. Sogar Denise' Gegenwart war ihm manchmal zuwider; sein armes, übermäßig beanspruchtes Ich wünschte sich nichts anderes als Frieden. Sein Stolz verbot ihm, sie an seinen Nöten teilhaben zu lassen; hartnäckig schwieg er darüber. Und sie wagte nicht, ihm Fragen zu stellen, denn sie wußte bereits aus leidvoller Erfahrung, daß keine Macht der Welt ihn dazu bewegen konnte, ihr irgend etwas zu sagen, wenn er dazu entschlossen war zu schweigen.

Einmal war er die ganze Nacht in seinem Zimmer auf und ab gewandert, während er zu berechnen versuchte, wie lange es noch dauern würde, bis er endlich Antwort aus Finnland erhielt. Dazu kam der peinigende Gedanke, daß er Vendômois vielleicht in Verlegenheit gebracht hatte, daß dieser sich nun selbst – wer weiß? – verschulden würde. Doch vor allem litt sein innerster männlicher Stolz darunter, daß er den Widrigkeiten des Alltags so ohnmächtig gegenüberstand; er konnte sich noch so sehr der Feigheit bezichtigen – die Vorstellung, was passieren würde, wenn Vendômois ihm nicht zu Hilfe käme, ließ ihn vor Angst kreidebleich werden und mit den Zähnen klappern. Gegen Morgen ließ seine fiebrige Erregung nach. Doch als er das erste graue Morgenlicht hinter den Fenstern flimmern sah, ergriff ihn eine entsetzliche Mutlosigkeit, ein sein ganzes Sein umfassendes Gefühl der Verlassenheit. Es war eine fürchterliche Empfindung, wie ein minutenlanger Schwindel, der der Bewußtlosigkeit vorausgeht … Mit beiden Händen griff er sich ans Herz, dessen unregelmäßiges Schlagen ihn schmerzte. Dann ging er zum Fenster und öffnete es; die frische Morgenluft tat ihm gut; er stützte die Ellbogen auf die Fensterbank und blieb lange in dieser Haltung, ohne sich zu rühren, ohne zu denken. Nach und nach wurde es hell; der Himmel war von einem rosigen Schein überzogen; aus einem benachbarten Garten hörte er den ohrenbetäubenden Gesang der Vögel. Ein Auto fuhr die verlassene Straße entlang, und der Ton seiner Hupe hinterließ in der noch menschenleeren und schlafenden Stadt ein langes Echo. Hie und da regte sich das erste Leben.

Yves beugte sich vor und starrte dumpf auf das Straßenpflaster. Sein hochgewachsener Körper zitterte. Ein Ruck …

der Sturz … und alles wäre zu Ende … Es war ganz einfach. Seine Gedanken waren schmerzlich und verworren, wie in einem Traum. Fetzen vager Erinnerungen stiegen in ihm auf, Erinnerungen, die so alt waren, daß er nicht wußte, ob sie nicht in Wahrheit Träumen entsprungen waren … Schöne Morgen seiner Kindheit, kühle, frische Morgen in unbekannten Städten, auf Reisen, und dann die Morgen im Krieg. Er hielt inne, richtete sich auf und fuhr sich mit zitternder Hand über die Stirn. Er war Soldat gewesen. Ein Soldat stirbt nicht auf solche Weise. Er schloß die Augen, um diese Straße nicht mehr zu sehen, dieses rötlich glänzende Pflaster im hellen Licht, und mit gesenktem Blick schlug er rasch das Fenster zu. Die schreckliche Schwäche war vorbei; er begann wieder zu leben – oder vielmehr gewann die Gewohnheit des Lebens wieder Macht über ihn. Mechanisch tat er, was zu tun war; er badete, rasierte sich, zog sich an und verließ dann das Haus. Es war bereits sehr heiß; der Beginn eines schönen Sommertages; Frauengesichter schoben sich über Balkongeländer; fliegende Händler mit ihren Blumenwagen kamen vorbei und riefen: »Rosen! Wer will schöne Rosen?«; die dünnen Wasserstrahlen aus den Schläuchen funkelten in allen Regenbogenfarben; Kinder auf Fahrrädern kamen vorbei, verfolgten einander und sangen dabei laut; sie hatten Weidenkörbe auf dem Rücken, und ihre Kittel flatterten im Wind. Fast zwanghaft beobachtete Yves jedes kleine Detail in dieser Straße, wie ein Kranker, dessen Geist sich verzweifelt an die tausend Nichtigkeiten seines Zimmers klammert. Nach und nach faßte er wieder Mut, Gott weiß warum! Sein Herz beruhigte sich in dem Maß, in dem er die frische, noch relativ reine Luft dieses Pariser Morgens atmete. Die entsetzliche Verzweiflung der vergangenen Nacht kam ihm auf einmal unangemessen vor; er schämte sich. Er lief an einem Park vorbei, ein Stück Rasen mit Bäumen und einer häßlichen Statue in der Mitte; dort war fast niemand – man hatte gerade erst das Gittertor geöffnet. Er trat ein und setzte sich auf eine Bank. Auf dem baumbeschatteten Weg spazierten ein junger Mann und eine junge Frau, die beide offenbar in einem nahe gelegenen Kaufhaus arbeiteten. Der Mann erzählte etwas und gestikulierte heftig. Seine Freundin hörte ihm zu; ihr wenig anziehendes Gesicht wurde vom Widerschein ihres Gefühls erhellt. Der Mann beklagte sich offenbar über irgendeine Ungerechtigkeit, erklärte, was ihm zu schaffen machte; die Frau sagte nichts, sie konnte ihm nicht helfen, aber sie litt mit ihm, und das machte das Leiden des Mannes etwas erträglicher. ›Dieser Mann ist glücklich, er kann seine ganze Last auf die Schultern seiner Freundin laden‹, dachte Yves. Er sah Denise' ängstlichen Blick vor sich; er erwog die Möglichkeit, ihr etwas anzuvertrauen. Aber nein. Wozu? Selig der bescheidene Mann des Volkes, der Freud und Leid mit seiner Frau teilt... Seine Seele verfinsterte sich wieder, und er stand auf. Der Park bevölkerte sich allmählich mit Kindern und Dienstmädchen. Er bemerkte, daß er zu spät ins Büro kommen würde, und ging mit schnellem Schritt auf die nächste Metrostation zu.

An diesem Abend klingelte Denise gegen sieben Uhr bei ihm. Er öffnete ihr wie üblich die Tür; voller Bestürzung blickte sie in sein Gesicht: Es schien abgemagert zu sein, die Wangen hohl und aschgrau; seine Augen waren gerötet von Schlaflosigkeit und glänzten stark über den geschwollenen Tränensäcken. Rasch nahm sie seine Hand:

»Mein Liebster ... Was ist nur mit dir los?«

»Nichts, gar nichts«, sagte er, indem er den Kopf schüttelte und mühsam lächelte.

Sie machte eine heftige Geste, sagte aber nichts. Mit welcher Entschiedenheit er sie aus seinem Leben verbannte ... Aber vielleicht täuschte sie sich? Hatte er tatsächlich Sorgen? Oder war er ganz einfach nur mißgestimmt wie so oft? Wie sollte sie das entscheiden? Kannte sie ihn denn? ›Kennt man einen anderen Menschen überhaupt jemals?‹ dachte sie düster.

Sie begaben sich in sein Schlafzimmer. Fast automatisch ging sie zu dem runden Wandspiegel mit vergoldetem Holzrahmen – seit dem letzten Herbst hatte sie an dieser Stelle schon viele Male ihren Hut abgelegt und wieder aufgesetzt. Sie betrachtete sich mit ernster Miene und glättete sich dann das kurzgeschnittene Haar mit der sanften Bewegung einer Katze, die ihr Fell säubert, wie Yves einmal bemerkt hatte. Jetzt hatte er sich in einem großen Sessel am Fenster niedergelassen. Als Denise sich umdrehte, sah sie ihn reglos und mit geschlossenen Augen dasitzen. Sie nahm sich ganz sacht ein Kissen und setzte sich ihm zu Füßen. Seine Hand lag auf dem Knie. Denise legte ihre Wange auf diese Hand, dann berührte sie sie mit den Lippen. Doch Yves sagte kein Wort und regte sich nicht: Er war eingeschlafen.

Denise betrachtete ihn schweigend; sie wußte nicht, ob er vielleicht mit ihr spielte; dann legte sie ihr Gesicht auf die Sessellehne und blickte zum Fenster, während sie geduldig darauf wartete, daß ihr Geliebter die Augen öffnete. Draußen dämmerte ein angenehmer, warmer Juniabend. Sie hob den Kopf und entdeckte die silbrig-grün schimmernde Mondsichel, die sich auf dem blassen Himmel immer deutlicher abhob. Rosiger Staub verschleierte die reine Luft, die unmerklich dunkler wurde; dann ging die Dämmerung in Nacht über.

»Yves!« sagte Denise sehr leise.

Auch im Zimmer war es dunkel geworden; Yves' nach hinten geneigtes Gesicht hatte im Zwielicht etwas vom ruhigen Ernst eines Toten. Eine unerklärliche Angst überfiel Denise. Sie kniete sich vor ihn und sah ihn prüfend an. Er schlief tief. Sie stand auf, beugte sich über ihn und betrachtete ihn noch einmal eingehend. Im Schlaf wirkte er angespannt, trotzig. Viele Male hatte sie ihn nach ihren Umarmungen schon schlafen sehen, und immer hatte sie dieses eigenartige Gefühl gehabt, immer war ihr sein Ausdruck rätselhaft gewesen. Doch nie so sehr wie heute. Sie näherte sich ihm, berührte ihn fast; sie mußte den kindlichen und grausamen Wunsch unterdrücken, seine Lider anzuheben, um einen Rest seiner Träume zu erhaschen; doch diese Lider, dunkel von Schlaflosigkeit, blieben hartnäckig geschlossen, und schließlich begann er keuchend zu atmen, als plagten ihn Alpträume.

Da schüttelte sie ihn ein wenig. Er zuckte zusammen und öffnete mit verwirrtem und ängstlichem Blick die Augen. Das Fenster war ein großer milchweißer Fleck in der Dunkelheit; er fragte mit undeutlicher Stimme:

»Ist es schon spät?«

Er sah Denise, die sich mit zusammengezogenen Brauen

über ihn beugte, versuchte zu lächeln und hob mühsam die Hand, um sie an die Stirn zu legen. Ein kurzer Schlaf am Tag bringt oft wenig Erholung; er fühlte sich zerschlagen und unendlich müde. Es gelang ihm nicht, klar zu denken – es war, als würde ein Teil seines Wesens immer noch schlafen …

Doch Denise, die Augen gesenkt, sagte sehr schnell:

»Hör mir zu, bitte hör zu, Yves … Ich kann nicht mehr … Warum hast du geschlafen? Du hast heute nacht nicht geschlafen. Wo warst du? Sag es mir … Ich will es einfach wissen … Betrügst du mich? Nein, lach nicht. Woher soll ich es denn wissen? Vielleicht liebst du eine Frau, die dich nicht will? Du leidest womöglich wegen einer anderen … Yves, hab doch Erbarmen mit mir … Ich bitte dich, ich flehe dich an … hab Erbarmen …«

Yves zuckte die Achseln. Das hatte gerade noch gefehlt.

»Ich schwöre dir, daß es nicht das ist, was du denkst, meine arme Kleine«, sagte er in dem kontrollierten, ruhigen Ton, den man anschlägt, wenn man mit kranken Kindern spricht.

»Dann sind es also Geldsorgen?« sagte sie mit Nachdruck.

Es lag ihm auf der Zunge. »Ja«, wollte er sagen, aber dann … Er sah die Perlenkette an ihrem Hals. Er kannte sie. Sie würde die Kette abnehmen und sagen: »Nimm sie«, oder etwas anderes in dieser Art, was genauso reizend und genauso verrückt war. Eigentlich war es tatsächlich so einfach. Sie hätte ihm zehnmal helfen können, zehnmal … Er biß sich auf die Lippe, so daß sie blutete; er wußte sehr wohl, warum er schwieg. Ach! Wenn sie arm wäre wie er selbst! … Doch in seinem tiefsten Inneren lauerte die dunkle Angst, nicht die Kraft zu haben, ihre ausgestreckte Hand zurückzustoßen, in der die Perlenkette lag, das Geld, das Almosen …

Erneut schüttelte er den Kopf.

»Nein.«

»Ich kann dir also nicht helfen?« fragte Denise mit wachsender Verzweiflung.

»Nein«, wiederholte er mit leiser, tonloser Stimme.

Dann legte er plötzlich seine Hand auf ihr Haar und streichelte es lange und zärtlich.

»Denise, willst du mir helfen? Hör zu. Du mußt mich allein lassen. Was willst du? Es ist nicht meine Schuld … Wenn ich Schmerzen habe, muß ich allein sein, allein leiden, absolut allein, wie ein Hund. Das tut mir gut … Ich will nicht, daß du dich wegen mir quälst, wegen meiner Sorgen, die gar nicht so groß und so schrecklich sind, wie du glaubst. Ja, geh! … Es wird vorbeigehen, sehr bald sogar. Weißt du, ich bitte dich ja nur um einige Tage, nur ein paar Tage … Aber allein muß ich sein, Denise, absolut allein … Hab Erbarmen … Sonst werde ich noch verrückt! Deine Vorwürfe, deine Angst … Ich kann nicht mehr, Denise, auch ich, ich kann nicht mehr … Laß mich meine Sorgen hin und her wälzen, sie sollen gären können wie Wein, am Ende wird alles besser … Ich werde geheilt sein. Stell dir vor, daß ich krank bin, irrsinnig bin, aber laß mich!«

Er hatte immer nervöser und fiebriger gesprochen, und wirklich begehrte er in diesem Augenblick nichts anderes als Einsamkeit, wie ein Kranker Wasser oder frisches Obst begehrt. Seine Hände, sein Mund zitterten.

Denise war blaß geworden und stand aufrecht da. Sie puderte sich und setzte ihren Hut wieder auf. Sie sagte nichts; sie sah ihn nicht an. Ein Gefühl vagen Bedauerns überkam ihn, gemischt mit Furcht.

»Denise«, murmelte er in sanfterem Ton, »ich werde Sie anrufen, ja?«

»Wie Sie wollen«, erwiderte sie.

Sie wagte es nicht, den Blick auf ihn zu richten, weil sie Angst hatte, in Tränen auszubrechen. Er hatte ihr so weh getan – es war schlimmer, als wenn er sie geschlagen hätte. Doch begriff er das überhaupt? Er hatte sie zurückgestoßen, fortgejagt … Wilde und blinde Rachsucht mischte sich in ihre gekränkte Liebe. Er aber, als er sie so ruhig sah, sagte sich: ›Sie versteht es.‹ Sie gab ihm stumm die Hand.

Er preßte seine Lippen darauf und zog sie dann an sich, umarmte sie, drückte sie; wie fühllos ließ sie es geschehen. Er wollte sie auf den Mund küssen. Sie schob ihn sanft zurück und ging zur Tür.

Er sagte:

»Also, abgemacht? In ein paar Tagen … Ich rufe an …«

»Ja, ja, seien Sie ganz beruhigt«, murmelte sie.

Und sie ging.

Als er wieder allein war, empfand er einen Augenblick lang entsetzliche Verzweiflung. Er machte einige Schritte zur Tür. Dann besann er sich und sagte sich seufzend: ›Wozu?‹

Langsam näherte er sich wieder dem Fenster und sah sie rasch davongehen. Die Männer drehten sich nach ihr um. Sie bog um die nächste Ecke und war verschwunden.

Dann rief er Pierrot und setzte sich mit ihm aufs Sofa. Es war dunkel, es war still … Das Gefühl eines bitteren Friedens überkam ihn …

20

Zwei Tage vergingen, ohne daß Denise Yves wiedersah oder etwas von ihm hörte.

Am Samstagmorgen schlug Jessaint seiner Frau vor, einen zweitägigen Ausflug mit dem Auto aufs Land zu machen, wie sie es häufig taten. Sie fuhren dann in ihr Haus unweit von Étampes, das vor etwa hundertfünfzig Jahren zum Anwesen eines Steuerpächters gehört hatte. Denise liebte das Landleben und nahm das Angebot, ihren Mann dorthin zu begleiten, stets mit Freuden an. Diesmal war es anders. Sie machte sich nicht einmal die Mühe, sich eine Ausrede einfallen zu lassen: Sie war sicher, daß Yves sie im Lauf dieses Tages anrufen würde.

Jessaint drang nicht in sie. Seit einiger Zeit schien er im Gespräch mit seiner Frau befangen und unglücklich zu sein; Denise hatte den Eindruck, er ahnte, daß sie etwas Wichtiges vor ihm verbarg. Doch worum es sich auch immer handeln mochte – er zog es vor, das Geheimnis nicht zu ergründen. Er gehörte zu jenen von Grund auf ehrlichen Charakteren, die es stört und beschämt, wenn sie spüren, daß andere lügen und betrügen. So fuhr er allein, nachdem er Denise seufzend einen Kuß auf die Stirn gedrückt hatte. Und der kleine resignierte Seufzer dieses starken und guten Mannes, von dem sie wußte, daß er zuweilen auch jähzornig sein konnte, hatte in ihrem Innern eine jener winzigen, hinterhältigen Verletzungen hinterlassen, die zunächst kaum weh tun, doch mit der Zeit, ganz langsam und unerbittlich, ihr schmerzhaftes Potential entfalten.

Sie hatte in keiner Weise versucht, ihn zurückzuhalten. Das eheliche Band löste sich unmerklich, wie ein Knoten, der aus zwei verschiedenen, allmählich locker werdenden Schnüren besteht. Denise war sich dessen deutlich bewußt. Sie war von einer tiefen Niedergeschlagenheit ergriffen worden, einem Gefühl, wie wenn man im Traum zusieht, wie das eigene Haus niederbrennt, übermannt von Schwäche und Gleichgültigkeit, als hätte man nichts mit diesem Haus zu tun.

Als Jessaint fortgefahren war, ging sie zu Francette, um sie voller Ungestüm zu umarmen. Sie fragte das Kindermädchen, wie es der Kleinen ging, und fand, daß sie magerer und blasser geworden sei, obwohl Francette pausbäckig war wie ein Pfirsich. Sie bedeckte die kleinen Arme und die nackten Beinchen unter dem kurzen weißen Kleid mit Küssen; sie wollte genau wissen, woher dieser blaue Fleck und jener Kratzer stammten, die sie an den Knien oder an den rosigen Ellbogen entdeckte. Einen Augenblick lang hatte sie Lust, das Kindermädchen für heute zu entlassen und sich bis zum Abend selbst um Francette zu kümmern. Man sagt, daß diese kleinen Wesen einen von so vielen Übeln heilen können ... Und das Zimmer war so hell, so fröhlich. Auf dem Tisch schlief Francettes große schwarze Katze in der Sonne; als sie Denise sah, ließ sie sich dazu herbei, sich aufzurichten, den Rücken zu krümmen und eine der langen samtigen und krallenbewehrten Tatzen auszustrecken ...

Francette hatte jedoch am Vortag einen neuen Roller bekommen; bald riß sie sich von ihrer Maman los, um mit ihrem neuen Spielzeug herumzulaufen. Denise wußte, daß sie das wahrscheinlich den ganzen Tag lang tun würde, denn Francette pflegte sich mit unermüdlichem Eifer ihren Spielen hinzugeben. Denise wollte sie auf die Knie nehmen und ihr eine Geschichte erzählen, um die süße Wärme des kleinen Körpers noch eine Weile zu spüren. Doch das führte nur dazu, daß die Kleine vor Wut anfing zu weinen: Mademoiselle France war ein sehr eigensinniges kleines Persönchen. Denise mußte gehen.

Den ganzen Tag wartete sie, doch Yves erschien nicht und sandte ihr kein Lebenszeichen. Noch spät am Abend saß Denise neben dem Telefon, den Kopf in die Hände gelegt. Als es fast Mitternacht geworden war, warf sie sich auf ihr Bett und sank in einen unruhigen, oberflächlichen Schlaf. Am nächsten Tag war es sehr sonnig, und sie schickte Francette und das Kindermädchen zum Mittagessen ins Pré Catelan. Dann suchte sie verzweifelt nach einer Beschäftigung für den Tag. All ihre Freunde waren verreist: Es war die Saison, in der viele Pariser von Samstag bis Montag die Stadt verließen; Madame Franchevielle war schon in Vittel, wie jedes Jahr. Beim Gedanken an den einsamen Nachmittag, der ihr bevorstand, wurde Denise von einem Gefühl überwältigt, das an blankes Grauen grenzte. Wie es so oft geschieht, hatte ihre hartnäckige Hoffnung einer jäh einsetzenden Erschöpfung Platz gemacht; sie wartete nicht mehr auf den versprochenen Anruf; wenigstens wollte sie es versuchen. Tausendmal wäre sie fast der Versuchung erlegen, Yves zu schreiben, ihn aufzusuchen, mit ihm zu sprechen. Doch eine irrationale Angst ergriff sie, wenn sie daran dachte, seinem Gebot zuwiderzuhandeln. Sie kannte ihn so gut. Wenn sie ihn trotz seiner Bitte, ihn allein zu lassen, bedrängte, wäre er dazu fähig, sofort alles zu beenden. Bei diesem schwierigen, merkwürdigen Charakter wußte man nie … Es wurde ihr klar, daß sie nur eines machen konnte: geduldig darauf warten, wie er es ihr aufgetragen hatte, bis seine schlimmsten Sorgen abgeklungen waren – was es auch immer sein mochte –, ausgeschlafen wie ein Rausch. Wie anders war dieses männliche Leiden, das die Einsamkeit kuriert, als ihr eigenes liebendes Herz! Mein Gott, wie sehr würde Yves' Gegenwart, nur ein Wort von ihm, eine Geste sie in ihrem Unglück trösten und beruhigen … Doch was sollte sie tun? Es war nun einmal so … Der Groll, den sie anfangs gegen ihn gehegt hatte, als er sie fortgeschickt hatte, war zu bitterer Resignation geworden. So war es. Nichts konnte etwas ändern an der eigensinnigen Blindheit ihrer Liebe. Getrieben von einer Art Fieber, begann sie nach Möglichkeiten zu suchen, sich zu beschäftigen. Denn einfach allein in der leeren Wohnung zu bleiben überstieg ihre Kräfte. Sie rief verschiedene Freunde an, doch keiner war in der Stadt. Und plötzlich dachte sie an das Gespräch, das sie vor einiger Zeit mit ihrer Mutter geführt hatte. Sie hörte sich sagen: »Das Vernünftigste wäre, wenn ich Yves betrügen würde … Diese Liebe, die ihm die Luft zum Atmen nimmt, wie Sie sagen – wenn ich sie auf zwei Männer verteilte, hätte sie genau das richtige Maß.«

Sie stand mitten im Salon; durch die geschlossenen Läden, die die helle Sonne abhielten, sickerte nur wenig

Licht, wie Goldstaub. Mit einem heftigen Kopfschütteln sagte sie: »Es kann nicht so weitergehen, nein, es kann nicht so weitergehen« und wiederholte das Gesagte noch mehrmals. Im Fenster sah sie ihr kleines blasses Gesicht, und fast bekam sie Angst vor ihrem eigenen Blick. Lauter sagte sie: »Ich bin unglücklich«, und ein trockenes, tränenloses Schluchzen erschütterte ihren Körper. Blindlings ging sie zum Fenster, stieß die Läden auf und blieb mit verschränkten Armen stehen, um mit stumpfem Blick die helle Straße zu betrachten. Vor dem Haus hatte gerade ein kleines Auto gehalten. Sie beugte sich vor und erkannte den Wagen ihres Cousins, Jean-Paul Franchevielle. Sie klingelte einem Diener, um ihm aufzutragen, den Besucher nicht zu empfangen. Doch es war schon zu spät; das Läuten an der Tür ertönte fast gleichzeitig mit ihrem Klingeln. Sie hörte Jajas Stimme in der Eingangshalle, und gleich darauf stand er im Zimmer.

»Du bist allein, Denise?«

»Wie du siehst.«

Freudlos betrachtete sie sein feines, ein wenig spitzes Gesicht. Gewöhnlich ließ er keine Gelegenheit verstreichen, sie aufzuziehen. Doch dieses Mal verzichtete er darauf, ihre kummervollen Augen, ihr abgezehrtes Aussehen zu kommentieren. Er sagte nur:

»Gestern habe ich deinen Mann vor den Toren der Stadt getroffen, und er hat mir gesagt, daß er ohne dich nach Étampes fährt.«

»Stimmt. Und du, was machst du in Paris bei dieser Hitze?«

Jaja zögerte; dann antwortete er mit seinem dünnen kleinen Lächeln, eigentlich nur einem Verziehen der Mundwinkel, das einen nervösen Gesprächspartner dazu verleiten konnte, ihn zu ohrfeigen:

»Wenn ich sagte, daß ich nur in der Stadt geblieben bin, um dich zu sehen, würdest du mir wahrscheinlich nicht glauben.«

»Wahrscheinlich«, sagte Denise, die unwillkürlich die Sprechweise der Fünfzehnjährigen annahm, der es Spaß gemacht hatte, den Ton und das Gebaren ihres jungen Cousins, damals Schüler des Janson-de-Sailly-Gymnasiums, nachzuäffen. Jaja lachte halbherzig.

»Siehst du.«

Denise hatte sich aufs Sofa gesetzt. Sie fragte:

»Willst du etwas essen oder trinken?«

»Klar. Likör, feinen Weinbrand und jede Menge Eis.«

Er hatte sich auf seinem Lieblingsplatz niedergelassen, auf einem Sitzkissen am Boden.

»Weißt du noch, Denise, wie wir im Klassenzimmer Cocktails gemischt haben und sie dann in unseren Pulten versteckt haben?«

»Ja, ich erinnere mich ... Unser Klassenzimmer auf dem Land ...«

»Wir sind einfach aus dem Fenster gesprungen und in den Park gerannt ...«

»Weißt du noch, die alte hohle Weide, in der wir uns versteckten?«

»Und die Schaukel, die so gequietscht hat?«

»Und der Bach, den wir zwanzigmal am Tag überquerten, nur weil es uns soviel Spaß machte, nasse Füße zu kriegen?«

»Und die Mühle? Weißt du noch, wie wir die steile Leiter hochgeklettert sind in den Speicher und wie wir uns hinter den Mehlsäcken versteckten?«

»Ich war wie ein Junge … Francette ist genauso …«

»Wo ist sie eigentlich, deine Tochter?«

»Im Pré Catelan.«

Jaja wußte genau, was er tat, wenn er ihre gemeinsame Kindheit heraufbeschwor. Für alle noch so unbedeutenden Dinge der Vergangenheit empfand Denise zärtliche Begeisterung. Sofort war ihr Gesicht weicher geworden, und Jean-Paul bemerkte jenes amüsierte und gerührte Lächeln, das er so gut kannte.

Da fragte er sanft:

»Erwartest du jemanden?«

Sie zögerte ein wenig und verneinte.

Er sagte:

»Sollen wir einen Ausflug machen? In meinem Auto?«

»Hat deine Freundin dich sitzenlassen, Jaja?«

»Das laß meine Sorge sein … Kommst du mit?«

»Wohin?«

»Wohin du willst. Raus aus Paris?«

»Lieber nicht. Wir könnten jemanden treffen.«

»Na und?«

»Jacques wäre das gar nicht recht. Verstehst du nicht? Gestern erst wollte er mit mir aufs Land fahren, und ich wollte nicht.«

»Das leuchtet ein. Wir bleiben also in der Stadt. Wir könnten in den Bois fahren und deiner Tochter guten Tag sagen.«

»Gut«, sagte Denise.

»Setz deinen Hut auf, nimm deinen Umhang mit.«

Denise klingelte dem Mädchen. Als es ihr den Umhang brachte, flüsterte sie ihm zu:

»Wenn jemand für mich anruft, sagen Sie, daß ich zum Abendessen zurück bin und er noch einmal anrufen soll.«

»Madame können ganz beruhigt sein.«

Jean-Paul tat, als würde er hingebungsvoll an einem Blumenstrauß riechen, der auf dem Tisch stand.

Er drehte sich um.

»Komm, gehen wir …«

Sie stiegen ins Auto. Jean-Paul war verliebt in sein Fahrzeug und pries es in höchsten Tönen.

»Du wirst sehen, wie es die Kurven nimmt, wenn wir bis nach Saint-Cloud fahren. Und es ist so griffig zu fahren … ein Juwel, das sage ich dir, Denise …«

Denise gab keine Antwort. Sie saß neben ihm und ließ sich den warmen Wind ins Gesicht blasen. Es war einer jener herrlichen Pariser Sonntage, an denen sich der blaue Himmel wie ein Stück neuer Seide ohne eine einzige schattige Falte über den Dächern spannt; die Trottoirs waren überfüllt mit flanierenden Kleinbürgern, die einen Ausdruck von Ruhe, von seliger Zufriedenheit auf den Gesichtern trugen. Allein die Weise, wie sie sich ganz ohne Hast bewegten, wies darauf hin, daß Feiertag war und daß sie alle zutiefst davon überzeugt waren, durch eine Woche eifriger Arbeit diesen schönen Tag, die Sonne, den Duft der früh blühenden Rosen verdient zu haben; sie waren nicht besonders hübsch, all diese braven Leute, und auch nicht gut gekleidet, doch ihr schlichtes Glück und ihre Geruhsamkeit teilten sich ihrer Umgebung mit. Denise lächelte bei ihrem Anblick, und ein eigenartiges, sehr sanftes und grundloses Gefühl von Frieden stieg in ihr auf.

Jean-Paul bemerkte es. Er sagte:

»Findest du sie lustig, all diese Leute?«

»Ja, wirklich ... Jean-Paul, fahr nicht so schnell ... Ich sehe sie gern, ich weiß nicht, warum ...«

Jean-Paul gehorchte. Sie näherten sich dem Bois; die Straßen wurden immer voller. Dicke Frauen mit schwarzen Hüten, alte Frauen in Seidenkleidern, magere Männer, verbraucht von mühseliger Arbeit, und dann blasse Kinder, kleine Mädchen in weißen Kitteln, kleine Jungen in Matrosenanzügen ... ›Selig die Armen im Geiste!‹ dachte Denise; und dieser ihr wohlbekannte Satz erhielt für sie auf einmal tiefen Sinn, wenn sie ihn auf diese bescheidenen Menschen bezog, die so tapfer ihre tägliche Pflicht erfüllten.

Jean-Paul fragte:

»Wenn sie dir soviel Spaß machen – wollen wir zum Montmartre fahren? Ich wette, daß du nie dort warst. Nur noch die Fremden kennen heute all diese Orte ...«

»Ich war einmal im Lapin Agile, mit den Clarkes.«

»Man muß es sich ansehen, wenn es hell ist.«

»Wirklich?«

»Ja. Willst du? Im Pré Catelan siehst du nur eine Menge schöner Madames in Hispano-Suizas ... und Francette braucht dich dort nicht ... Man macht ihr bereits den Hof, das hat sie mir erzählt, weißt du ... Ein kleiner Junge hat ihr ein Bonbon geschenkt. Sie hat es genommen und einem anderen geschenkt. Sie ist schon eine Frau. Wir würden sie nur stören ...«

»Wahrscheinlich hast du recht«, sagte Denise seufzend.

»Aber was soll man machen? So ist das Leben ... Im Moment mag sie ihren Roller lieber als mich ... Später – bald – wird es ein Mann sein ...«

»Du bist ganz schön melancholisch, Denise ...«

»Nein, gar nicht ...«

Jean-Paul war schon abgebogen, und es ging in voller Fahrt in Richtung Montmartre; einige Minuten lang machte sich Jaja einen Spaß daraus, durch verwinkelte Sträßchen zu brausen, und bald waren sie bei der Metrostation Lamarck angelangt.

Jean-Paul hielt vor einem kleinen Café; auf sein ungeduldiges Hupen hin erschien der Wirt in Hemdsärmeln vor dem Gebäude.

»Guten Tag, Monsieur, auch mal wieder hier ... Soll ich mich um den Wagen kümmern?«

»Wie immer.«

»Ein Gläschen für Madame?« fragte der Mann lächelnd.

Denise nickte amüsiert. Augenzwinkernd flüsterte der Patron Jean-Paul zu:

»Hübsches Mädchen.«

»Fürchtest du dich vor den vielen Stufen?«

»Überhaupt nicht.«

Sie erkletterte mühelos eine Stufe nach der anderen; ihr heller Umhang flatterte hinter ihr in der Luft und warf anmutige Falten wie eine antike Draperie.

Oben angekommen, blieb sie stehen, um Atem zu holen.

»Es ist kühl ...«

Tatsächlich wehte ein vergleichsweise frischer Wind auf den Höhen des Montmartre. Denise trat an die Brüstung der kleinen Plattform, auf der sie standen, und beugte sich vor; Dunst umhüllte die Stadt zu ihren Füßen, doch der funkelnde Invalidendom und das zarte Skelett des Eiffelturms waren deutlich zu erkennen, und dumpfer Lärm stieg von unten zu ihr auf.

Zusammen stiegen sie noch weiter hinauf. Die alten schwarzen Häuser in den schmalen Gassen strahlten Hitze aus; mit einem munteren Geräusch rannen kleine Bäche mit rollenden Kieseln über die abschüssigen Gehsteige. Hellbraune schmutzige Hunde schliefen sorglos mitten auf der Fahrbahn.

»Hast du schon einmal solche Hunde gesehen?« fragte Jean-Paul; er zeigte auf einen von ihnen, der eine Mischung aus Dachshund, Spaniel und Dogge zu sein schien.

»Auf einer Zeichnung von Poulbot.«

»Das stimmt ... und die Kinder sehen auch so aus«, sagte Jean-Paul, als er eine Gruppe kleiner Gören mit wehenden Schürzenbändern und in die Stirn gedrückten Schirmmützen sah, die vor ihnen davonrannten.

An der Place du Tertre saßen Familien um die Holztische und tranken Grenadine. Jean-Paul und Denise setzten sich zu ihnen. Langsam wurde der Himmel blaß; ein vager Fliederduft hing in der Luft, wie auf dem Land. Ein weißgekleidetes Mädchen, ein Kommunionkind, kam vorbei; im schwindenden Sonnenlicht schien sein Kleid golden und rosafarben zu schimmern. Hinter ihm liefen zwei kleine, sehr feierlich dreinblickende Mädchen in himmelblauen Kleidern, die Papierblumen im Haar trugen und in der Hand grellrote Rosen. Als sie nicht mehr zu sehen waren, begannen die Glocken von Sacré-Cœur zu läuten.

Jean-Paul hatte Schaumwein bestellt. Schweigend hob er

nun das Glas, und nachdem er lange die goldenen Bläschen betrachtet hatte, die in der Flüssigkeit aufstiegen, trank er bedächtig. Denise fragte:

»Es heißt, du kommst öfters hierher?«

»Manchmal ...«

Als sie lächelte, sagte er in ernstem Ton:

»Aber allein ...«

»Ach –«

»Doch, auf diese Weise findet man Frieden ... Ich setze mich ins Auto, steige die Treppe herauf und bleibe hier sitzen ... Ich denke an nichts, ich bin glücklich ...«

Denise sah ihn überrascht an.

Er fragte:

»Warum wundert dich das?«

»Du bist es, über den ich mich wundere. Ich dachte, du wärst immer unterwegs, immer in Bewegung ...«

»Man soll die Menschen nicht nach ihrem Äußeren beurteilen, meine Liebe ...«

Langsam leerte er sein Glas, steckte sich dann eine Zigarette an, lehnte sich zurück und schwieg. Denise war von diesem Schweigen fast enttäuscht; irgendwie hatte sie etwas anderes erwartet; doch Jaja rauchte weiter, gleichmütig und mit etwas spöttischer Miene. Denise goß sich Wein ein – er war leicht und frisch – und trank das Glas in einem Zug aus. Um sie herum leerte sich der Platz. Der wunderbare abendliche Frieden hüllte sie ein.

»Es ist schön«, sagte Denise laut und mit halbgeschlossenen Augen. Der leichte Wind streichelte ihre Wangen; der Wein machte ihre Glieder schwer und kreiste in ihrem Kopf. Mit angedeutetem Lächeln wiederholte sie:

»Es ist schön ...«

Und dann sagte sie unvermittelt, staunend:

»Es geht mir besser ... Unwillkürlich macht man sich sogar ein bißchen Sorgen, wenn man spürt, daß der Schmerz einer Wunde auf einmal nachläßt ... Komisch, es geht mir wirklich besser ...«

Sie atmete vorsichtig, als hätte sie tatsächlich in ihrem Inneren eine Wunde; als wäre jenes harte, kugelartige Ding, das auf ihrer Brust gelastet hatte, geschmolzen; noch einmal holte sie tief Atem. Dann fuhr sie sich mit der Hand über die Stirn und sagte leise:

»Wie dumm ... Ich glaube, ich bin ein bißchen betrunken ...«

»Ja, dieser elsässische Schaumwein ist tückisch, wie man hört«, bemerkte Jean-Paul.

Indessen war Denise mit einiger Mühe aufgestanden.

»Fahren wir zurück, Jaja, es ist spät ...«

Bereitwillig rief er die Kellnerin und zahlte. Doch auf der Treppe sagte er:

»Laß uns Frédé noch guten Tag sagen ...«

Das alte kleine Haus des Lapin Agile am Hang schien wacklig und gebrechlich zu sein wie ein greisenhafter Bettler. Die Mauern waren von einer Schmutzschicht bedeckt.

Ganz hinten im Garten, der mit dürrem Gesträuch bewachsen war wie der Garten einer Dorfwirtschaft, schlief der alte Frédé auf einer Bank. Eine zahme Elster pickte die vergessenen Kirschen aus einem Schnapsglas. Denise bat:

»Lassen wir deinen Freund weiterschlafen ... Er sieht so friedlich aus.«

Sie waren stehengeblieben. Langsam, fast widerstrebend

hielt die Dämmerung Einzug; über allen Dingen lag eine eigenartige Ruhe.

»Das ist das Hexenhaus aus dem Märchen«, sagte Denise.

Irgendwo schlug eine alte Uhr langsam und feierlich die Stunde.

Sie gingen.

Ihr Auto stand vor dem Bistro. Sie stiegen ein und fuhren los, doch nach kaum zehn Metern blieb der Wagen stehen. Jaja öffnete die Kühlerhaube, untersuchte den Motor und fluchte.

»Was ist los?«

»Das dauert eine Dreiviertelstunde, mindestens …«

»Das ist ziemlich lang«, sagte Denise besorgt.

Jean-Paul dachte nach. Schließlich kam er zu dem Schluß:

»Na gut. Ich lasse den Wagen bei Père Chose, dem Bistrowirt. Es gibt hier eine kleine Werkstatt. Morgen komme ich wieder. Wir fahren mit dem Taxi zurück.«

Doch das war leichter gesagt als getan. Die Gasse war ruhig und menschenleer wie eine Vorstadtstraße, und so laut sie auch riefen – kein Taxi tauchte auf. Nach zehn Minuten zockelte lediglich eine Droschke vorbei, uralt und mit riesengroßen Rädern, einem Kutscher in einem altmodischen Rock und einem einzigen mageren Pferd, beide mit gesenktem Kopf. Vor dem Hintergrund der abendlich stillen Häuser wirkte das alte Gespann irgendwie gespenstisch.

Jaja und Denise riefen wie aus einem Mund:

»Das nehmen wir …«

»Mich erinnert das Ganze an Yvette Guilbert, ungefähr 1890«, bemerkte Jaja amüsiert.

Der Kutscher hatte dem Pferd einen Hieb mit der Peitsche versetzt; es machte einen Satz, was wie der Anlauf zu einem Galopp wirkte, und fiel sogleich wieder in seinen langsamen Trab zurück. Und auch der Kutscher schien wieder einzuschlafen. Denise und Jaja saßen dicht nebeneinander in dem schmalen Gefährt; sie schwiegen. Eine angenehme Trägheit hatte sie erfaßt; Straßen und Plätze schienen ganz langsam auf sie zuzukommen, an ihnen vorbeizuziehen und zu verschwinden; die Straßenlaternen leuchteten zwischen breiten Schattenstreifen; die Pferdehufe hämmerten auf das Pflaster.

Jean-Paul nahm Denise' Hand.

»Schläfst du?«

»Nein.«

Er hielt die kleine unbehandschuhte Hand in der seinen. Sie zog sie nicht zurück. Wozu auch? Etwas später sagte er: »Wir sind da.« Und er beugte sich über sie und berührte ihr Handgelenk mit den Lippen. Sie sagte nichts. Er hatte ihr schon oft die Hand geküßt. Doch diesmal wurde es ein längerer Kuß. Ein Drängen lag darin. Sie ließ ihn gewähren wie in einem zwiespältigen Traum, der nicht ohne Reiz ist...

Die Droschke hielt. Er half ihr beim Aussteigen und verabschiedete sich dann so ruhig von ihr wie immer.

»Gute Nacht, Denise, träum schön ...«

»Danke ... du auch«, erwiderte sie mit einem etwas angestrengten Lächeln.

In der Diele rief sie das Mädchen.

»Marie, hat jemand angerufen?«

»Nein, Madame, aber dieser Brief ist für Sie abgegeben worden.«

Mit jäh einsetzendem schrecklichem Herzklopfen nahm Denise die Nachricht entgegen: Sie hatte Yves' Handschrift erkannt. Es waren nur einige Worte.

Verzeihen Sie mir bitte, daß ich nicht angerufen habe wie versprochen, aber ich war so düsterer Stimmung, daß ich es nicht über mich brachte. Aber kommen Sie heute abend, wenn Sie frei sind.

Ihr Y.

Es gab ein Postskriptum, das lautete: *Seien Sie mir nicht böse, meine kleine Denise.*

›Es stimmt. Wenn er geruht, mit den Fingern zu schnipsen, laufe ich zu ihm und lächle auch noch dabei‹, dachte Denise.

Sie fragte nach Francette, aß hastig zu Abend und ging.

»Wenn Monsieur vor mir heimkommt, sagen Sie ihm, daß ich ins Kino gegangen bin.«

Yves erwartete sie. Er rauchte. Seit einer Woche tat er kaum noch etwas anderes. Noch immer keine Nachricht von Vendômois. Doch durch das Übermaß an Sorge hatten sich seine Gefühle abgestumpft, und er war wieder so leichtfertig und nachlässig geworden, wie es seinem eigentlichen Charakter entsprach. Er hoffte, daß irgendein Wunder geschähe.

Von Denise hatte er Vorwürfe, Tränen und Fragen erwartet und war überrascht von ihrem ruhigen, gleichgültigen und sanften Auftreten, dem eigenartigen Blick, den sie auf ihn richtete. Sie liebten sich; sie spürte deutlich, daß er in ihren Armen Vergessen suchte; doch sie blieb kühl und wachsam, als würde sie auf etwas in sich selbst oder in ihm lauern. Als sie gehen wollte, hielt er sie zurück und küßte sie.

»Denise ...«

»Liebst du mich, heute abend?« fragte sie mit einem merkwürdigen kleinen Lächeln.

»Ja.«

Sie fragte erneut:

»Bin ich – artig gewesen?«

»Sehr artig«, sagte er obenhin.

Und in ernsterem Ton fügte er hinzu:

»So liebe ich dich, so sollst du sein ...«

»Ach ... dann bist du also glücklich? ... Du wirst heute nacht gut schlafen?«

Er lächelte.

»Ich glaube, ja ... Und du?«

»Ich auch ...«

»Dann also ... auf Wiedersehen, Liebste ...«

21

Der nächste und der übernächste Tag vergingen für Denise sonderbar schnell; Jessaint hatte sie angerufen und gesagt, daß er eine Woche in Étampes bleibe. Nach dem Mittagessen kam Jaja, und sie fuhren in seinem kleinen leichten Wagen ins Grüne, am ersten Tag nach Versailles, am nächsten nach Saint-Germain. Mit hoher Geschwindigkeit rasten sie die sonnenbeschienenen Straßen entlang. Einmal hielten sie in Ville-d'Avray, am Rand eines runden Teichs, den die Abendsonne mit glitzernden Reflexen überzog, um eine Kleinigkeit zu essen; beim nächsten Mal auf den grünen Terrassen von Saint-Germain. Denise sah, daß die Augen ihres Gefährten weich wurden, wenn er sie betrachtete, sie ahnte die bewegten Worte, die der feingeschwungene Mund krampfhaft zurückhielt, und das war für sie mehr als ein Amüsement; es verlieh diesen Tagen ein starkes, würziges Aroma. Unterdessen war Yves stets in ihren Gedanken; doch die Erinnerung an ihn war verschwommen und flüchtig und schien tief in ihrem Inneren zu schlummern, wie ein verschleiertes Porträt; sie war wohltuend wie die Ruhe nach großer Erschöpfung. Und dann brachen sie unter dem dunklen Himmel langsam wieder auf, und ihre Herzen waren erfüllt von diesem grundlosen Glück schöner Sommerabende, das einem zarten Kummer ähnlich ist. Zurück in der Stadt, nach einem einsamen Mahl, bei dem sie wiederholt den Gedanken an ihren Mann verscheuchen mußte, eilte Denise zu Yves. Sie machten wenig Worte. Denise wurde wirklich die Frau, die er sich gewünscht hatte, lammfromm und schweigsam; er legte den Kopf an ihre nackte Schulter und versank in der köstlichen Dunkelheit; und sie hatte gelernt, ihm über den Kopf zu streicheln, ohne etwas zu sagen.

Am Abend des dritten Tages hatte sich Yves zur gewohnten Zeit nicht gemeldet, und Denise rief Jean-Paul an. Er kam sofort. Denise begriff, daß er jeden Tag nur darauf gewartet haben mußte, daß sie ihm ein Zeichen gab, und eine eigenartige, etwas grausame Freude, wie ein düsteres Rachegelüst, erfüllte ihr Herz. Es war herrliches Sommerwetter. Die friedlichen Stimmen der Portiers, die, in den offenen Hauseingängen sitzend, sich wie auf dem Land über die Straße hinweg unterhielten, drangen zum offenen Fenster herein. Dann und wann gelangte mit einem Windstoß der süße Duft eines blühenden Strauchs aus einem benachbarten Garten in die Wohnung.

Denise bat:

»Fahren wir in den Bois, ein bißchen frische Luft schnappen.«

Den ganzen Tag lang war es schrecklich heiß gewesen. Denise hatte sich erst zum Abendessen umgezogen und vorher fast die ganze Zeit bei geschlossenen Läden im Pyjama auf ihrem Bett gelegen und gedöst. Ihre Wangen waren noch rot und heiß wie bei kleinen Kindern, wenn sie gerade erst erwacht sind, und als Jean-Paul sich ihr näherte, nahm er durch den Stoff ihres leichten Kleides hindurch den süßen Duft ihres Körpers wahr, der dem frischen Geruch junger Pflanzen glich.

»Gern«, sagte er mit ein wenig heiserer Stimme.

Einige Minuten später reihten sie sich in die Schlange der Autos ein, die in Richtung Bois fuhren. Die breite Straße glich einer kompakten Masse Blech; es roch nach Benzin und Staub. Doch als sie erst einmal die Porte Dauphine hinter sich gelassen hatten, wehte ihnen frische Luft von einer wunderbaren Reinheit entgegen. Die Nacht war dunkel und mild. Von Zeit zu Zeit, wenn sie an einem hinter Bäumen verborgenen Restaurant vorbeikamen, sickerte ein wenig Licht auf die Straßen, und Fetzen leiser Musik waren zu hören, doch dann sahen sie nur wieder die großen schwarzen Flecken der Rasenflächen, die sich gegen den helleren Himmel abhoben. Es roch nach feuchtem Gras, nach Bäumen und Blumen. Doch in dem Maß, in dem die Nacht voranschritt, stieg Nebel vom Boden auf, dicht und weiß wie Milch. Bezaubert von diesem Phänomen, hielten Denise und Jean-Paul unweit der Rennbahn an. Um sie herum war die Luft voller dunstiger Flocken, die an Schnee erinnerten; die Wipfel der Bäume schienen aus einem Meer von Milch aufzuragen. Denise schlug wie ein kleines Mädchen in die Hände:

»Oh! Das sieht aus wie Schleier ...«

»Feenschleier«, sagte Jaja, »nicht?«

Mit leiserer Stimme wiederholte er: »Nicht wahr?« und beugte sich zu ihr.

Sie sah seine glänzenden Augen und Zähne.

»Laß mich«, sagte sie kraftlos.

Sie wußte, was kommen würde. Aber diesmal wollte sie

sich nicht wehren ... Ein Kuß in dieser Nacht, war das denn mehr als eine Zigarette, ein Stück Obst, ein Schluck frischen Wassers, der vom Durst ablenkt, ohne ihn jedoch zu löschen? Wie ein Echo stieg die Erinnerung an die Worte ihrer Mutter in ihr auf; sie hatte sie nie vergessen, und heimlich waren sie auf ihrem kühnen Weg vorangeschritten: »... einen Freund ... keinen Geliebten. Einen Freund ... und dann fand sie immer mehr Gefallen daran ...«

»Laß mich«, wiederholte sie, bevor er irgend etwas getan hatte.

Dann kam der Kuß.

Sie rief: »Nein« und drehte den Kopf hin und her. Doch die jungen, gierigen Lippen fanden ihren Mund, und Jean-Pauls erstickte Stimme murmelte:

»Ich liebe dich, ich liebe dich so sehr, wenn du wüßtest ...«

Und dann:

»Und du?«

»Nein«, sagte sie.

Ein kurzes Schweigen. Dann:

»Das macht nichts.«

Sie hörte es, ohne es zu verstehen. Er küßte sie lange und sanft auf den Mund, kostete sie vorsichtig wie eine unbekannte Frucht.

Sie hatten nicht bemerkt, daß weitere Autos gekommen waren, die in ihrer Nähe hielten; zweifellos saßen überall Paare wie sie, die sich, unter dem Vorwand, den Nebel zu bestaunen, im Schutz der Nacht liebkosten. Aber ein Scherzbold hatte die Idee gehabt, den Strahl seines Scheinwerfers auf diese Autos zu richten, und man erkannte schemenhaft die miteinander verfließenden Umrisse der Liebenden. Der den Dunst durchdringende Scheinwerfer traf mit brutaler Wucht auch Denise und Jean-Paul; im blendenden Lichtschein schienen ihre aneinandergepreßten Gesichter weiß zu sein. Denise zog sich unvermittelt zurück, und ihr Hut fiel auf ihre Knie; gleichzeitig begann sie am ganzen Körper zu zittern: Es war ihr, als hätte sie ganz in der Nähe einen erstickten Schrei gehört. Doch schon entfernte sich der Strahl der Lampe, andere Autos traten aus dem Zwielicht hervor, und es waren wütende Frauenstimmen zu hören. Denise suchte das Dunkel ab, ohne etwas zu entdecken; das Taxi neben ihnen drehte plötzlich und schoß davon, worauf auch andere Wagen sich in Bewegung setzten und in verschiedene Richtungen verschwanden.

›Ich habe geträumt‹, dachte Denise.

Das alles geschah so schnell, daß ihre Verwirrung sich rasch wieder legte. Noch einmal fuhren sie durch den Bois, und in einer anderen kleinen Straße küßte Jaja sie von neuem. Erst als seine Lippen jene kleine Stelle ihrer Wange berührten, wo sie Yves' Mund so oft gespürt hatte, wehrte sie ihn instinktiv ab.

»Nein, nicht da …«

Er sah sie überrascht an. Sie sagte schroff:

»Wir sollten zurückfahren.«

Er gehorchte; er begriff, daß der Moment der Hingabe vorbei war.

Kaum war sie wieder zu Hause, rief sie Marie.

»Hat niemand angerufen?«

»Doch, Madame«, erwiderte das Mädchen, »Monsieur Harteloup.«

»Ist es lange her?«

»Ja, es war gleich nachdem Madame das Haus verlassen hatte.«

»Hat er nichts für mich hinterlassen?«

»Nein, Madame. Er sagte, daß er morgen wieder anrufen werde.«

»Gut. Danke, Marie.«

Tatsächlich hatte Yves sie an diesem Abend nach dem Essen angerufen. Die Antwort des Mädchens – »Madame ist ausgegangen« – hatte ihn überrascht, ihn fast erzürnt. In den mehr als elf Monaten, solange ihr Verhältnis dauerte, hatte es dergleichen noch nie gegeben. Denise war immer dagewesen, immer erreichbar, war ihm jederzeit zu Gefallen. Er schämte sich der Verzweiflung, in die seine Enttäuschung ihn gestürzt hatte, konnte sie aber einfach nicht abschütteln. Während er in seiner Wohnung auf und ab lief, keimte immer wieder die Hoffnung in ihm auf, daß das Ganze nur ein Irrtum sei, daß sie ihn gleich anrufen werde. Aber nein. Es stimmte also. Sie war nicht da.

›Aber wo zum Teufel kann sie sein?‹ sagte er sich. ›Ihr Mann ist doch noch nicht zurück ... Wo ist sie?‹

Dann ermannte er sich und lächelte angestrengt.

›So etwas ... Arme kleine Denise ... Ach, mein Gott, sie ist frei ... Wenn sie sich jedesmal so anstellen würde, wenn ich ausgehe, ohne ihr Bescheid zu sagen, würde ich mich ganz schön ärgern ...‹

Doch soviel er auch versuchte, auf diese Weise mit sich selbst zu sprechen – oder vielmehr, nach seiner Gewohnheit, mit Pierrot, der auf seinem Hintern saß und mit aufmerksamem Blick die um die Lampe kreisenden Fliegen verfolgte –, er beruhigte sich nicht. Er dachte an jenen Tag in Hendaye, als sie am Morgen weggefahren war und er auf der Suche nach ihr zwischen Kasino und Strand umhergeirrt war. Und an den Abend, als sie ihn weinend vorgefunden hatte, am Ufer der Bidassoa … Diese Erinnerung war schmerzlich, er wußte nicht, warum … Mit einer wütenden Bewegung warf er seine Zigarette fort; Funken sprühten, als sie auf dem Marmor des Kamins auftraf.

»Ich gehe aus, Pierrot.«

Pierrot wedelte mit dem Schwanz.

Yves zog ihn zum Abschied leicht an den Ohren und verließ die Wohnung.

Eine Weile lief er die Straße entlang, dann rief er ein Taxi und ließ sich in den Bois fahren. Er wollte am Pavillon Royal haltmachen, um etwas Kaltes zu trinken; doch die Nacht mit dem inzwischen aufgestiegenen milchweißen Nebel war so außergewöhnlich schön, daß er dem Fahrer sagte, er solle weiterfahren bis Longchamp. Dort, im Dunkeln, hatten sich einige Autos versammelt, darunter, unmittelbar neben ihm, ein kleiner offener Wagen, in dem man vage ein Pärchen erkennen konnte, das sich umschlungen hielt. Er betrachtete die Szene einen Moment lang, als plötzlich ein Scheinwerfer aufleuchtete. Denise' Gesicht tauchte auf, zwei Schritte von ihm entfernt; sie war ein wenig nach hinten gebeugt; ein junger Mann küßte sie, und sie ließ es lächelnd geschehen.

Dann löste sie sich auf einmal aus der Umarmung. Er sah ihren bloßen Kopf, ihre vom Nachtwind zerzausten Locken und in der überirdischen Weiße des Lichts ihr feingemeißeltes Gesicht, ihren ernsten Mund und den offenen Blick, den er so liebte und der ihn im Dunkeln fixierte, ohne ihn zu erkennen.

Und dann verschwand alles, wie eine Vision.

Das Taxi fuhr in Richtung See; völlig benommen hielt er sich, beide Hände um den Türgriff geklammert, gerade noch aufrecht. Plötzlich stieß der Wagen gegen ein Hindernis, er wurde durchgeschüttelt und kam wieder zu Bewußtsein. Er schrie: »Halten Sie an!«, stieg aus, zahlte und ging zu Fuß im Wald weiter, in Richtung Longchamp. Er konnte keinen klaren Gedanken fassen; er ging einfach auf die Stelle zu, wo er Denise gesehen hatte. Nach ein paar Minuten blieb er stehen und sagte laut: »Ich werde verrückt. Sie ist ja schon lange weg«; doch er ging ziellos weiter und kümmerte sich nicht darum, daß er immer wieder gegen Bäume stieß, die er in der Dunkelheit nicht sehen konnte.

Es gab nicht den geringsten Zweifel. Er wollte nicht daran zweifeln. Er floh niemals vor dem Unglück und stürzte sich jetzt sofort hinein wie in einen Abgrund, der ihm angst machte und ihn dennoch anzog. Wer war der Mann? Er hatte ihn nicht gesehen – nur einen jungen Kopf mit glatt zurückgekämmtem Haar. Außerdem fiel das kaum ins Gewicht. So betrog sie ihn also, belog ihn, sie, Denise? Er war am Boden zerstört. Erst jetzt begriff er, wie außergewöhnlich und kostbar das blinde Vertrauen gewesen war, das er ihr bis jetzt entgegengebracht hatte. Warum? Sie war auch nur eine Frau und wie alle Frauen verlogen und schwach. Aber genau das war es ja – war sie denn für ihn nur »wie alle Frauen« gewesen? War sie nur eine vorübergehende Affäre, ein Andenken an einen schönen Sommertag, wie es so viele gab? Hatte er sie nicht immer ein wenig wie eine Ehefrau betrachtet? In Hendaye hatte er sie lange geachtet wie ein junges Mädchen. Und seitdem hatte er sie niemals – nicht einmal in seinen geheimsten Gedanken – dadurch beleidigt, daß er auch nur eines ihrer Worte oder irgendeine ihrer Handlungen anzweifelte. Ihr angenehm freimütiger Blick … Aber das, das war ja noch nichts … Vielleicht konnte man daran zweifeln, daß sie ehrlich zu ihm gewesen war, aber doch niemals an ihrer Liebe zu ihm! … An diese Liebe hatte er nie bewußt gedacht. Denkt man an etwas, was man besitzt, etwas, von dem man sicher ist, daß man es für immer besitzen wird? Es war eine tief in ihm verwurzelte Überzeugung gewesen, eine Art oberste Wahrheit, die keines Beweises bedurft hatte. Er wußte, daß ihre Zuneigung ihm niemals abhanden kommen würde, wie er wußte, daß die Erde sich dreht, daß die Sonne scheint und daß es nach jeder Nacht wieder Tag wird. Wie ein krankes Kind, das nach jenen tritt, die es umsorgen, konnte er so grob mit ihr umgehen, wie er wollte – das war sein Recht, denn sie gehörte ihm. Er hatte immer gewußt, daß sie für ihn da wäre, sobald er nach ihr verlangte. Diese Liebe hatte in seinem Leben wie eine helle Lampe gestrahlt, sie war ein zärtliches, sanftes, ein wenig verschleiertes Licht gewesen … Jetzt war es erloschen … Ihr verzeihen? Das war jenseits des Vorstellbaren. Wozu? Was er an ihr geliebt hatte, war ja gerade die Gewißheit gewesen, die sie ihm gab. Ihre schönen Augen, ihre Lippen, ihr schmaler Körper – andere Frauen waren genauso schön, aber nie hatte er dieses tiefe Vertrauen zu einer anderen Frau empfinden können. Es war also nicht der Mühe wert, es zu versuchen ... Denise war gestorben. Er blieb stehen. Seine ziellose Wanderung hatte ihn in die Nähe des Sees geführt. Er näherte sich dem Ufer und starrte mit hartem Blick ins Wasser. Die Wellenbewegung ließ ihn etwas schwindeln, wie von einer leichten Übelkeit; das Wasser schimmerte schwach. Er ging weiter, bis der Bois hinter ihm lag, immer am Rand einer breiten, menschenleeren Straße entlang; dann bog er in eine Gasse ein und war plötzlich erschöpft. Er sah ein kleines Weinlokal vor sich, in dem noch Licht war, trat ein, ließ sich auf eine Bank sinken und bestellte etwas zu trinken. Man servierte ihm Wein. Er leerte sein Glas in einem Zug und schenkte sich sofort nach. Ein vages Verlangen danach, sich zu betrinken, stieg in ihm auf. Doch da der Wein schlecht war, wurde ihm nur übel. Er stellte das Glas ab, beugte sich vor und legte den Kopf in die Hände. Am Tresen saßen Arbeiter, tranken und unterhielten sich laut. Er hörte zu, ohne zu verstehen, was sie sagten. Der Klang menschlicher Stimmen tat ihm gut. Ein Wort drang ihm ins Bewußtsein: »Morgen.«

»Ach ja, morgen«, murmelte er.

Wie die Steine einer einstürzenden Mauer prasselten seine Sorgen wieder auf ihn nieder. Morgen. Wieder nichts von Vendômois. Kein Geld. In drei Tagen die Schulden fällig. Haß auf das Büro. Morgen. Die schreckliche Hitze. Und dann – nichts ... Kein Licht am Horizont. Nacht, Leere ... Alle Rettungsmöglichkeiten, die er sich ausgemalt hatte, wenn Vendômois ihm nicht zu Hilfe kommen würde – jetzt verwarf er sie mit haßerfüllter Dickköpfigkeit.

»Monsieur, wir schließen«, sagte der Wirt.

Er erhob sich mechanisch, zahlte und ging. Und dann ging er weiter, lange Zeit, hierhin und dorthin, ohne Ziel. Die Nacht verging. Auf einmal hob er den Kopf und erkannte sein Haus. Auch später hätte er nicht zu sagen gewußt, wie er dorthin gefunden hatte. Er stieg die Treppe hoch. In der Diele stieß er gegen etwas. Er beugte sich hinunter. Es war ein Koffer. Jeanne kam verschlafen aus dem Arbeitszimmer.

»Monsieur, da ist ein Herr, der auf Sie wartet.«

Er stieß die Tür auf – Vendômois.

Wie im Traum hörte er:

»Mein lieber Freund ... Verzeih mir, wenn ich mich verspätet habe ... Aber ich mußte dort oben alles ordentlich hinterlassen, verstehst du? ... Aber sobald es ging, habe ich den Zug genommen ... Besser, man spricht miteinander, statt immer nur Briefe zu schreiben, nicht? Und außerdem habe ich diesen Monat in Paris zu tun ... Warum ich dir kein Telegramm geschickt habe? Aber so etwas ist nicht möglich in meinem kleinen Dorf mitten im Schnee. Und ein Brief wäre auch nicht eher angekommen als ich ... Aber was ist denn los? Du machst ja ein Gesicht wie ein Mondkalb ... Mach dir keine Sorgen ... Alles kommt wieder in Ordnung, du wirst sehen ...«

Yves fuhr sich mit zitternder Hand über die Stirn und antwortete lediglich: »Danke, danke«, mit tonloser Stimme, deren Klang ihn selbst überraschte. Vendômois fragte schnell:

»Mein Lieber? ... Geht es dir nicht gut?«

»Nein, entschuldige bitte ...«

»Ist es nur das Geld?«

»Nicht nur.«

Vendômois machte eine Handbewegung.

»Ach«, sagte er.

Yves lächelte voller Dankbarkeit; dieses männliche Feingefühl, das selbst das Mitleid für sich behält, war genau das, was er brauchte. Er sah seinen Freund an.

»Jean«, sagte er unvermittelt.

»Ja?«

»Wann fährst du wieder?«

»Übermorgen, zwei Uhr.«

»Kannst du noch achtundvierzig Stunden warten?«

»Ja.«

Er hatte den Kopf gehoben und betrachtete Yves aufmerksam. Dieser zog eine kleine Grimasse wie ein Kind, das gleich zu weinen anfängt:

»Jean – nimm mich mit.«

Vendômois zuckte die Achseln.

»Gut«, sagte er.

22

An diesem Julimorgen wartete Denise in fieberhafter Ungeduld darauf, daß das Haus erwachte, damit sie sich anziehen und, ohne Argwohn zu erregen, ausgehen konnte. Die ganze Nacht hatte sie kein Auge zugetan. Eine schreckliche Unruhe hatte sich ihrer bemächtigt, und dieses Mal wußte sie, daß ihre Angst nur allzu berechtigt war. Eine Woche lang hatte sich Yves nicht gemeldet. Zunächst hatte sie sich nichts dabei gedacht. Doch nach einiger Zeit war ihr sein langes Schweigen merkwürdig vorgekommen. Zwei Tage hatte sie noch gewartet, dann hatte sie sich entschlossen, ihn anzurufen, und hatte zwanzig Minuten lang dem Echo des Klingeltons in der Wohnung gelauscht. Niemand hatte den Hörer abgenommen. Sie hatte es noch zwei, drei Mal versucht. Nichts. Es war unerklärlich. Sie hatte der Sache nachgehen wollen, als gerade ihr Mann zurückkehrte. Abends hatte sie sich nicht von der Stelle rühren können. Die Nacht war entsetzlich gewesen. ›Bestimmt ist er krank‹, dachte sie. Sie rief sich in Erinnerung, wie schlecht er schon seit einiger Zeit aussah. Vielleicht lag er in irgendeinem Krankenhaus? Mein Gott, mein Gott, wenn das wahr wäre, wenn er irgendwo weit weg wäre und litte, irgendwo in diesem großen Paris, ganz allein – sie würde alles verlassen, ihren Mann, ihr Kind, nur um bei ihm zu sein. Sie lag zusammengerollt auf ihrem Bett und stand Folterqualen aus, wenn sie an ihn dachte … Diese Nacht, die nicht enden wollte … Doch schließlich wurde es Tag. Sobald sie im Nebenzimmer ihren Mann hörte, der erwacht war, seinen nervösen Raucherhusten und seine Stimme, klingelte sie dem Mädchen. In einer Viertelstunde war sie gebadet und angezogen, und dann verließ sie das Haus.

Es war ein gewittriger, drückender Julitag. Trotz der frühen Stunde stieg von dem überhitzten Asphalt schon ein ungesunder Dampf auf; gelbe, von der Hitze verbrannte Blätter fielen von den Bäumen. Im Taxi drückte Denise mit zusammengepreßten Lippen in fiebriger Nervosität ihre Hände. Das Taxi hielt. Da war Yves' Haus. Wie üblich ging Denise mit gesenktem Kopf an der Hausmeisterwohnung vorbei und sprang mit wenigen Sätzen die Treppe hoch. Sie läutete. Der helle, trockene Ton der Klingel vibrierte. Sie wartete. Niemand kam. Sie läutete erneut, noch länger, und hörte, wie der Ton gellend durch die Zimmer hallte. Doch keine Schritte, kein Geräusch hinter der Tür. Da begann sie, mit den Fäusten gegen das Holz zu hämmern. Sie machte einen solchen Lärm, daß die Hausmeisterin kam.

»Sie wünschen, Madame?«

»Wo ist Monsieur Harteloup?« fragte Denise leise.

»Er ist fortgefahren, Madame.«

Als Denise sie wie betäubt ansah, erklärte die Frau:

»Er ist nicht mehr in Paris.«

»Ist er längere Zeit verreist?«

»Ja, ich glaube schon … Er hat den Mietvertrag aufgelöst. Morgen früh kommen neue Mieter.«

»Wohin ist er gefahren?«

Sei es, daß die Hausmeisterin nichts sagen wollte, um

sich keinen Ärger einzuhandeln, sei es, daß sie tatsächlich nichts wußte – sie schüttelte jedenfalls nur den Kopf.

»Sie wissen es nicht?«

»Nein.«

»Gut«, murmelte Denise.

Es war, als hätte man ihr einen Schlag mit einer Keule versetzt. Sie kam nicht einmal auf den Gedanken, hartnäckig weiterzufragen, die Frau mit einem Trinkgeld gesprächig zu machen. Blitzartig fiel ihr ein, daß sie als kleines Kind oft geträumt hatte, daß ihr Vater starb. Viele Male war sie schweißüberströmt aus diesem schrecklichen Alptraum aufgefahren. Es war vielleicht eine Vorahnung gewesen; vielleicht hatte man vor ihr von der Herzkrankheit gesprochen, an der er litt. Jedenfalls war er plötzlich wirklich so gestorben, wie sie es dutzendemal in ihren Träumen gesehen hatte. Sie erinnerte sich daran, wie dieses schreckliche Ereignis sie betäubt und tief bekümmert hatte. Es war also möglich. So etwas konnte geschehen. Seit langem hatte sie es auf dunkle Weise gewußt. Jetzt überwältigte sie vor Yves' verschlossener Tür ein ähnliches Gefühl von Unvermeidbarkeit. Ihre Ängste, ihre Unruhe, ihr verzweifeltes Bedürfnis, den Geliebten immer an ihrer Seite zu haben, das tiefe Elend, in das sie stürzte, wenn er nur zwei Tage nicht dagewesen war – war das alles nicht die Ahnung des Kommenden gewesen? Diese abweisende Tür, dieser grelle Klingelton in der leeren Wohnung, diese entsetzliche Schwäche ihres ganzen Seins, hier, auf der sonnenbeschienenen Treppe, vor dieser gleichgültigen Frau. Ohne ein Wort zu sagen, begann sie die Treppe wieder hinabzusteigen, mit vorgewölbten Schultern, als hätte sie einen Schlag in den

Nacken erhalten. Am Fuß der Treppe blieb sie stehen. Ihr Herz setzte kurz aus. Wie oft hatte sie sich hier die Handschuhe übergestreift, den Hut zurechtgerückt, wie oft sich auf der Schwelle dieser Toreinfahrt das Gesicht gepudert, bevor sie auf die Straße hinausgegangen war. Und jetzt – nie wieder, nie wieder ... Sie hörte sich selbst laut aufstöhnen. Unterdessen machte sich ein klarer Gedanke in ihr bemerkbar. Sie wollte wissen, wo er war. Sie hielt ein Taxi an und ließ sich zu seinem Büro fahren. Der Direktor empfing sie unverzüglich, nachdem sie ihm ihre Karte hatte überreichen lassen. Sie sah, daß er sie erstaunt musterte, doch die Ungeheuerlichkeit der Tatsache, daß sie sich mit dem Namen ihres Mannes vorgestellt hatte, kam ihr kaum zu Bewußtsein. Ohne daß sie in ihn dringen mußte, gab der Direktor preis, was er wußte. Harteloup war nach Finnland gefahren; man hatte ihn angerufen: dringende Familienangelegenheiten offenbar. Er hatte eine Adresse hinterlassen. Mit dünner, gebrochener Stimme fragte sie:

»Glauben Sie, daß er lange fort sein wird, Monsieur?«

»Er hat mir gesagt, für immer«, erwiderte der Direktor zögernd.

»Ach!« stieß sie hervor und blieb dann regungslos sitzen. Nur ihre Wangen waren bleich geworden, und ihre Mundwinkel waren nach innen gesunken, was sie unvermittelt alt aussehen ließ.

Peinlich berührt sagte der Direktor:

»Wollen Sie seine Adresse?«

»O ja, bitte, ja, Monsieur«, sagte sie wie ein Kind, das vermeint, alles Gewünschte zu bekommen, wenn es nur brav und geduldig ist.

Sie erhielt wirklich einen Umschlag, auf dem geschrieben stand:

Savitaipol
Gemeinde Koirami
via Haparanda
(Finnland)

Und erst als sie diese eigenartigen fremden Worte las, wurde ihr unmißverständlich klar, wie weit fort er war.

Der Direktor betrachtete sie mit einer Mischung aus Mitleid und Neugier; halb erwartete er, sie ohnmächtig niedersinken zu sehen. Doch sie erholte sich rasch, wie nach einem Peitschenhieb.

»Ich danke Ihnen.«

Und indem sie ihn mit einer Handbewegung davon abhielt, sich ihr zum Abschied zu nähern, verließ sie sein Zimmer.

Dann war sie auf der Straße und hielt das kleine Stück Papier in Händen, auf dem Yves' Adresse stand. Sie schleuderte es von sich. Was sollte es ihr nützen? Hatte sie jemals gewagt, etwas zu tun, was er mißbilligte? Und hatte er nicht klar gezeigt, was er wollte, indem er ohne ein Wort des Abschieds fortgegangen war? Wieder dachte sie: ›Ich habe es immer gewußt… Ich habe immer gewußt, daß er eines Tages gehen würde ohne ein Wort…‹

Instinktiv ging sie in Richtung ihres Hauses, doch dann blieb sie an ihrer Straßenecke stehen: Vor dem Haustor hatte sie das Auto ihres Mannes entdeckt. Verwundert warf sie einen Blick auf die Uhr: Es war schon fast Mittag. Bald mußte sie sich zu Tisch begeben, Jacques gegenübersitzen, ihm ihr elendes, verweintes Gesicht zeigen ... Dazu fehlte ihr die Kraft! Er bräuchte nur eine kleine Frage zu stellen, schon würde sie in Tränen ausbrechen und alles gestehen.

Sie ging zum nächsten Postbüro, ließ ihre Nummer wählen und dann Marie rufen.

»Marie, ich komme heute nicht zum Essen ... Ich wurde aufgehalten ... Ich bin bei einer kranken Freundin ...«

Marie sollte sehen, wie sie es ihrem Mann beibrachte. Als sie die Post verließ, tat ihr die schreckliche Hitze gut: Sie verhinderte das Denken, die Erinnerung ... Sie litt fast nicht mehr; der Asphalt brannte heiß unter ihren dünnen Sohlen, und etwas anderes fühlte sie nicht. Sie ging weiter, immer weiter, ohne zu ahnen, daß sie womöglich die tragische Wanderung ihres Geliebten wiederaufnahm, eines Nachts ...

Unvermutet befand sie sich am Ufer der Seine. Sie ging über eine Brücke. Vom Wasser stieg etwas kühlere Luft auf. Auf einmal löste sich die physische Erstarrung, in der sie sich befunden hatte, und ihre Resignation verwandelte sich in wilde Verzweiflung, so daß sie stehenbleiben mußte und mit den Händen ihre Kehle umfaßte, als würde sie ersticken.

»Yves, Yves ...«

Sie verurteilte ihn nicht. Stets hatte sie ihm mit diesem Gefühl gegenübergestanden, in dem sich Unverständnis mit fast abergläubischer Ehrfurcht mischte, ein Gefühl, das einen großen Teil der Liebe einer Frau zu einem Mann ausmacht. Sie empfand weder Haß noch Rachsucht, noch Verachtung. Nur ungeheure Fassungslosigkeit. In seiner

Flucht erriet sie keinen anderen Grund als diesen Willen des Mannes, dem man sich unterwirft, ohne ihn zu verstehen, wie dem Willen Gottes. Sie ahnte nicht im geringsten, wie die Wahrheit aussah. Doch hätte sie die Wahrheit gekannt, hätte sie erraten, daß Yves in jener Nacht neben ihr in der Dunkelheit gestanden hatte, hätte sie wahrscheinlich auch nicht mehr verstanden ... Konnte man das Betrug nennen, dieses freudlose Spiel, mit dem sie sich ein paar Stunden lang die Zeit vertrieben hatte? Hatte sie es nicht im Grunde ihm zuliebe getan, um jene übertriebene Liebe, von der sie besessen war und die sie zu ersticken drohte, ein wenig zu dämpfen? Ganz gewiß fühlte sie sich Yves gegenüber nicht schuldig. Doch sie versuchte gar nicht zu verstehen. Wenn man stirbt, fragt man nicht, warum. Es ist eben so.

Sie ging weiter, immer weiter, ohne Müdigkeit zu verspüren; was sie spürte, war eine vage Erleichterung, weil sie allein war, weil niemand in ihrer Nähe war, vor dem sie heucheln, lügen, lächeln mußte.

Sie ging an den Quais entlang. Von Zeit zu Zeit schloss sie ihre müden Augen, geblendet von den intensiven Sonnenreflexen auf der Oberfläche der Seine, und widerwillig sog sie den Kohlegeruch ein, der von den Ufern aufstieg. In einem Laden schrien Papageien; aus den offenen Türen der Bistros drangen Kühle und Dunkelheit, gemischt mit dem Gestank nach saurem Wein.

Als plötzlich wie ein Duft eine unbestimmte Erinnerung in ihr aufstieg, blieb sie stehen und sah sich aufmerksam um. Jetzt fiel es ihr ein. Sie war schon einmal hier gewesen, mit Yves. Nur war es ein Winterabend gewesen, ein regnerischer Abend … Bauarbeiter mit nassen Gummiumhängen, die sich über einem Kohlebecken die Hände wärmten, hatten gelacht, als sie vorbeikamen: Sie hatten so friedlich gewirkt, wie sie aneinandergeschmiegt unter dem Regen vorbeispaziert waren … und die Lichter der Stadt hatten so heftig im Wind geflackert … Ach, wie gut sie sich daran erinnerte … Wie es oft geschieht, zog diese Erinnerung andere nach sich, wie Kinder, die sich an den Händen halten … Mit traumhafter Deutlichkeit sah sie Yves' Gesicht vor sich; und sie sah noch mehr, noch tiefer, sah seinen Blick, sein Lächeln, die flüchtigen Schattierungen seiner Stimmungen und die Farblosigkeit seines Begehrens, seine Zornesausbrüche und die Phasen seiner Müdigkeit, die seltenen Anflüge von Zärtlichkeit, seine Launen und sein Schweigen.

Und dann erinnerte sie sich staunend auch daran, daß sie unglücklich gewesen war. Sie begriff nicht mehr. Noch einmal ließ sie all diese Monate ihrer Liaison Revue passieren: Es hatte Monotonie gegeben, Überdruß, Beunruhigung, Traurigkeit … Arme Liebe, grau und trist wie ein Herbsttag … Wie kam es, daß sie ihr jetzt, im nachhinein, mit soviel bitterer Süße vor Augen trat? Und wieder rief sie sich mit verzweifeltem Eifer – wie ein Kranker, der weiß, daß er sterben wird, und sich, um sich zu trösten, die Schwächen und Leiden, das ganze Elend seines Lebens vor Augen führt – die schlimmen Stunden ihrer Liebe, die Ängste und Zweifel ins Gedächtnis … Es waren Bilder, die schwach und blaß waren wie Tote. Doch auf einmal war eine Erinnerung da, die sie nicht gerufen hatte, lebendig, überdeutlich: Yves' Lächeln, das liebenswürdige, stets unvermutet erscheinende Lächeln, unschuldig und ernst, wie das eines Kindes, das plötzlich sein ganzes Gesicht erhellte und sich langsam auflöste, während in den Mundwinkeln ein Rest davon blieb wie ein zuckendes Licht. Sie sah es so nah vor sich, daß sie unwillkürlich die Arme danach ausstreckte, als könnte sie es berühren.

»Das war es – das Glück!«

Sie hatte es laut ausgerufen. Ein paar Männer, die gerade vorbeiliefen, blickten sie überrascht an. Sie schämte sich. Die erhobenen Hände senkten sich zu ihrem Mund, legten sich auf ihre Lippen, um ihr Weinen zu ersticken. Sie blieb stehen, plötzlich ernüchtert, tief getroffen und zu Tode erschöpft, und betrachtete mit stumpfen Augen die glitzernde Seine. Ein Taxi fuhr vorbei; der Fahrer bremste, als er sie sah. Mechanisch stieg sie ein und nannte ihm ihre Adresse.

Das Auto fuhr los, leichte Stöße durchschüttelten sie auf dem unebenen Pflaster der alten Gassen. Sie weinte nicht. Sie litt nicht einmal mehr. Sie wiederholte nur immer wieder wie ein kleines Mädchen angesichts einer Sache, die es nicht versteht:

»So ist es also … es ist zu Ende … und ich habe nicht gewußt, daß ich glücklich gewesen bin … Und jetzt ist es zu Ende …«

Irène Némirovsky

Suite française

Roman

512 Seiten, Broschur, *btb* 73644

Sommer 1940: Die Deutsche Armee steht vor Paris. Voller Panik packen die Menschen ihre letzten Habseligkeiten zusammen und fliehen. Angesichts der existentiellen Bedrohung zeigen sie ihren wahren Charakter ...
Der wiederentdeckte Roman »Suite française« wurde 2004 zur literarischen Sensation. Über 60 Jahre lag das Vermächtnis der französischen Starautorin der 30er Jahre unerkannt in einem Koffer – bis der Zufall dieses eindrucksvolle Sittengemälde aus der Zeit des Zweiten Weltkriegs ans Licht brachte.

Der Fall Kurilow

Roman

192 Seiten, Broschur, *btb* 73614

Im zaristischen Petersburg der Jahrhundertwende soll der Revolutionär und Anarchist Léon M. den Erziehungsminister des Zaren ermorden – den zynischen, schwerkranken, dekadenten Kurilow. Als Hausarzt verschafft sich Léon Zugang zu seinemOpfer. Doch je näher Léon Kurilow kommt, umso mehr gewinnt der Minister menschliche Züge, und Léon zweifelt am Sinn seiner Mission.
Ein ebenso spannendes wie sensibles und atmosphärisch dicht gezeichnetes Psychogramm von Opfer und Täter.

Claudie Gallay

Die Brandungswelle

Roman

557 Seiten, Broschur

btb 74313

Der Bestseller aus Frankreich

Ausgezeichnet mit dem Grand Prix de Elle

La Hague im Nordwesten der Normandie: Nur wenige wohnen hier, am Ende der Welt, am Meer, dort, wo die Menschen ebenso schroff sind wie die Natur und das Leben vom Wind, vom Wetter, von den Gezeiten bestimmt wird – bis eines Tages Lambert auftaucht.
Fremde, die hier länger bleiben, gibt es selten. Aber Lambert ist nicht wirklich fremd, irgendwie gehört er dazu. Vor 40 Jahren starben seine Eltern und sein Bruder bei einem Bootsunglück. Nun ist er zurückgekommen, um das Unglück von damals aufzuklären. Und allmählich bröckelt die Wand des Schweigens, hinter der jeder Dorfbewohner ein Geheimnis zu verbergen scheint …

»557 Seiten, aber keine zuviel.«
Christine Westermann

»Ein durch und durch sinnliches Buch.«
NDR